EMPRISE VIKEN

PROGRAMME DES ÉPOUSES
INTERSTELLAIRES, TOME 18

GRACE GOODWIN

Emprise Viken

Copyright © 2020 by Grace Goodwin

Tous Droits Réservés. Aucune partie de ce livre ne peut être reproduite ou transmise sous quelque forme ou par quelque moyen que ce soit, électronique ou mécanique, y compris photocopie, enregistrement, tout autre système de stockage et de récupération de données sans permission écrite expresse de l'auteur.

Publié par Grace Goodwin as KSA Publishing Consultants, Inc.
Goodwin, Grace

Emprise Viken

Dessin de couverture 2020 par KSA Publishing Consultants, Inc.
Images/Photo Credit: Deposit Photos: magann, Improvisor

Note de l'éditeur :
Ce livre s'adresse à un *public adulte*. Les fessées et toutes autres activités sexuelles citées dans cet ouvrage relèvent de la fiction et sont destinées à un public adulte. Elles ne sont ni cautionnées ni encouragées par l'auteur ou l'éditeur.

BULLETIN FRANÇAISE

REJOIGNEZ MA LISTE DE CONTACTS POUR ÊTRE DANS LES PREMIERS A CONNAÎTRE LES NOUVELLES SORTIES, OBTENIR DES TARIFS PREFERENTIELS ET DES EXTRAITS

http://gracegoodwin.com/bulletin-francais/

LE TEST DES MARIÉES

PROGRAMME DES ÉPOUSES INTERSTELLAIRES

VOTRE compagnon n'est pas loin. Faites le test aujourd'hui et découvrez votre partenaire idéal. Êtes-vous prête pour un (ou deux) compagnons extraterrestres sexy ?

PARTICIPEZ DÈS MAINTENANT !
programmedesepousesinterstellaires.com

1

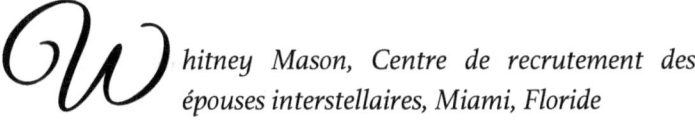

hitney Mason, Centre de recrutement des épouses interstellaires, Miami, Floride

Les préliminaires c'était bien beau mais je préférais baiser. Une bonne baise me faisait tout oublier. Les bougies, les fleurs et les mots doux n'auguraient pas des talents d'un mec au lit. Ces petits détails sont du tralala. Cela dénote d'un certain effort, sans compter le fric nécessaire. Les grandes démonstrations, à grand coup de pognon, ne me faisaient ni chaud ni froid. Un homme ne se résumait pas à ça. Tout se jouait au lit.

Blasée, moi ? Carrément. J'étais blasée de tout—et de *tout le monde*, ces derniers temps.

Mais que m'arrive-t-il ? Putain de merde.

Ça ne m'était encore jamais arrivé. Je n'avais jamais rien ressenti de tel. Je n'aurais jamais imaginé que ce soit possible.

Et maintenant ?

En avant les préliminaires !

Des mains sur mon corps nu. Plusieurs. Plus que les deux mains habituelles. Elles caressent mes épaules, mes bras, mes seins, mes cuisses, ma chatte. Des préliminaires en bonne et due forme. Des chuchotements. Pas des mots d'amour. Des promesses.

Je vais lécher ta chatte jusqu'à ce que tu jouisses. Après seulement, tu auras droit à ma bite.

Voix numéro Une.

Ces lèvres. Elles seront magnifiques sur ma verge.

Voix numéro Deux.

Ce cul. Tu vas voir, je vais te sodomiser, tu es parfaite.

Voix numéro Trois.

Oui, *trois* voix. Ces mecs me caressaient, faisaient monter la pression rien qu'en parlant... mon Dieu, que m'arrivait-il ? Une réponse troublante fusa dans mon esprit.

Un mariage.

Je savais d'ores et déjà que je succomberais à leurs caresses. Au plaisir physique.

Corps et âme.

« Je vous en supplie, » je les implorais, hors d'haleine.

Je haletais et ouvris grand les yeux. J'essayais de reprendre mon souffle, je n'en pouvais plus. Leurs caresses m'avaient littéralement vidée. Leurs promesses. Mais ils n'étaient pas réels. Je n'étais pas sur un lit moelleux en compagnie de trois hommes mais dans une pièce spartiate, sanglée sur un fauteuil d'examen.

Le Centre de recrutement des épouses.

Merde.

Je soufflai et repoussai mes cheveux de sur mon front.

« Tout va bien, Mademoiselle Mason ? »

C'était la Gardienne Egara. L'agréable et sympathique responsable chargée de faire passer les tests se leva, tablette en main.

J'étais furax. « Je déteste supplier, » grommelai-je.

Elle fronça les sourcils sans un mot.

« Les rêves sont tous semblables ? » demandai-je. Les liens métalliques maintenant mes bras au fauteuil s'écartèrent, je me redressai et frottai mon visage.

« C'était torride ? demanda-t-elle, en esquissant un sourire.

– Oui. »

Je n'étais donc probablement pas la seule à supplier. Un rêve torride avec trois hommes particulièrement doués qui savaient me caresser et utiliser les bons mots pour m'exciter ? Oui, les femmes qui suppliaient devaient être légion.

J'étais excitée, totalement frustrée. De mauvais poil.

« C'est hyper cruel. »

Elle partit d'un rire angélique. Ce qui m'énerva d'autant plus.

« Certaines femmes se réveillent en plein orgasme pendant les tests. »

Je la regardai méchamment. « Vous voulez que je vous déteste ou quoi ? »

Je me tortillai sur mon fauteuil inconfortable en tirant sur la ridicule blouse d'hôpital arborant le petit logo des Epouses interstellaire. Le tissu me grattait, je n'avais qu'une envie, m'en débarrasser, mais j'étais nue, ce n'était pas envisageable. Je m'étais suffisamment ridiculisée, j'aurais dû avoir un orgasme comme les autres.

Grrr.

La gardienne s'installa à la grande table et fixa sa tablette.

« Vous avez réussi le test.

– Vraiment ? »

J'étais étonnée, quelle *surprise*. J'étais venue ici pour quitter la Terre, c'était la solution la plus simple. Je n'aimais pas obéir, m'engager dans la Flotte de la Coalition n'était pas une bonne idée. Je m'étais portée volontaire pour le test des épouses. Je ne faisais pas confiance aux Terriens, ni à personne d'ailleurs.

« Oui, sur Viken. Vous avez énormément de chance. »

Je la regardai d'un air perplexe et attendis la suite.

« Vous êtes compatible avec un Viken en particulier mais ils se marient à trois en général. »

Trois.

« Ce qui signifie trois extraterrestres.

– Oui. »

D'où ce rêve. Je n'avais *jamais* imaginé faire l'amour avec deux mecs. Je n'étais pas née de la dernière pluie, je savais bien que certains adoraient ça mais je n'avais jamais testé. L'idée ne me rebutait pas, mais je n'en avais pas eu l'occasion. Mais après ce rêve ? Ramenez les trois Vikens. Et vite, je mouille.

« Je pars bientôt ? »

Elle me sourit. « Vous avez hâte de faire la connaissance de votre futur mari, tant mieux.

– Vous m'avez parlé d'un *mari* mais vous me dites qu'ils seront trois. C'est quoi alors ? demandai-je, confuse.

– Vous avez épousé un Viken. Leur nouvelle coutume implique que tous trois épousent une femme originaire d'un secteur différent de leur planète. Il est fort possible que vous n'ayez qu'un seul mari, mais d'après moi, ce sera trois.

– J'ai rêvé de trois hommes. »

Elle haussa imperceptiblement les épaules, les yeux brillants. « Vous avez de la chance. Je n'en ai pas la certitude mais je présume que vous aurez trois partenaires. »

Trois. Trois mecs. Putain de merde. Vu mon rêve, je n'étais pas contre le concept. « Ça me va. Je suis impatiente de quitter la Terre. »

Elle consulta sa tablette. « Vous êtes volontaire. Vous n'êtes pas une criminelle optant pour une alternative à sa sentence.

– Vous ne me reconnaissez pas ? »

Sans me vanter, j'étais célèbre. Tristement célèbre.

Elle me regardait, m'observait. « Ah.

– C'est tout ce que vous avez à dire ? Ah ? Ma famille a volé des milliers de fonds de retraite et d'économies à des pauvres gens. Détruit des vies. Vous n'êtes pas furieuse contre moi ? Vous ne me détestez pas ? »

Elle me regarda d'un air impitoyable mais compréhensif.

« D'après les informations, vous n'êtes pas coupable des crimes de votre famille. »

Je me tortillai sur mon fauteuil. « Non. Mes parents et mon frère vivent à New York. Je vis en Californie depuis mon entrée à l'université. Je suis surprise que vous ne soyez pas au courant.

– Si, mais je voulais vous l'entendre dire.

– Vous voulez entendre la suite ? Pendant que j'étais à l'université et en école supérieure, ma famille a créé un système de vente pyramidale et volé des millions à des gens crédules. Nous n'étions pas suffisamment riches grâce aux fonds d'arbitrage de mon père, il s'est montré avide en les flouant davantage. »

Elle haussa les épaules. « Pour être honnête Mademoiselle Mason, je voulais m'assurer que vous ne quittiez pas la planète pour échapper à un crime. »

Je restai là, peu importe qu'on voit mon cul avec cette blouse stupide.

« Je quitte la Terre parce que je n'arrive pas à trouver de travail. Personne ne veut m'engager. J'ai perdu tous mes amis. Je ne peux pas marcher dans la rue sans que les gens se fichent de moi ou qu'un paparazzi me mitraille. Je ne trouverai *jamais* de mec. Ma vie est ruinée à cause de ma famille. Je suis innocente mais tout le monde s'en fout. Ils veulent un coupable, et je suis la seule de cette famille pas derrière les barreaux. Avez-vous la moindre idée de ce que c'est de ne faire confiance à *personne* ? »

Elle m'observa un moment. « Parfait. »

Je soupirai parce qu'elle m'avait énervée mais aussi parce que j'étais soulagée. Elle n'allait pas me refuser la possibilité d'avoir une nouvelle vie à cause de ma famille merdique.

« Renoncez-vous pour toujours à votre planète, Mademoiselle Mason ? Acceptez-vous le résultat du test de compatibilité du centre de recrutement ? »

Je songeai aux trois hommes, à ce que mon corps éprouvait encore.

« J'accepte de partir sur Viken.

– Très bien. Commençons le protocole de recrutement. Rappelez-moi votre nom.

– Whitney Mason.

– Êtes-vous ou avez-vous déjà été mariée ?

– Non.

– Avez-vous une descendance biologique ? »

Je fronçai les sourcils. « Une descendance biologique ? »

Elle me lança un regard. « Des enfants. Avez-vous des enfants biologiques ?

– Non.

– Etes-vous légalement responsable d'un mineur ?

– Non. Pourquoi toutes ces questions ? »

La Gardienne leva les yeux et croisa mon regard, c'était elle qui posait les questions.

« Vous seriez surprise, Mademoiselle Mason. Bien que je ne comprenne pas leur raisonnement, certaines femmes choisissent d'abandonner leurs jeunes enfants sur Terre. Les races de la Coalition sont très protectrices envers leurs femmes et leurs enfants, qu'ils soient biologiques ou adoptés. Elles n'approuvent pas qu'un parent abandonne son enfant. »

Je comprenais *parfaitement*. « Et si une femme ne peut pas avoir d'enfants ? Si elle est stérile ? Elle ne pourrait pas se porter volontaire ? »

Ma question fit sourire la gardienne. « Non. Bien sûr que non. La plupart des guerriers se marient pour la vie. Si une femme ne veut pas d'enfants ou ne peut pas en avoir pour une raison quelconque, on lui trouvera le mari idéal. S'il s'agit d'un problème médical, le problème se résout facilement grâce à la technologie de pointe de la Coalition.

– D'accord, mais si c'est impossible ? Et si elle ne peut pas avoir d'enfants ? Si ses trompes sont ligaturées par exemple. Elle ne peut pas avoir de nouvelles trompes de Fallope. Et si elle n'en veut pas ? »

Elle soupira. Les autres femmes venues passer le test étaient-elles aussi curieuses que moi ?

« Le Programme des Epouses Interstellaires aide à trouver l'amour et le bonheur. Pour beaucoup d'humains et d'extraterrestres, cela n'a rien à voir avec les enfants, Mademoiselle Mason. Le système *vous* met en relation avec le mari idéal, Whitney. Et non l'inverse. Les tests ne trouvent pas une femme compatible avec un homme, mais un *homme* compatible avec une *femme*. »

La Gardienne Egara reprit son souffle et poursuivit. « La compatibilité est optimale puisque l'homme qui vous est attribué est le plus en adéquation avec *vos* besoins et *vos* désirs. L'objectif étant de satisfaire la femme et la rendre heureuse. La Coalition a compris depuis longtemps que les femmes sont l'âme d'une communauté soudée et, pour de nombreux guerriers dominateurs aspirant à protéger et aimer, les garantes d'une vie heureuse. »

Cela faisait beaucoup plus d'informations que prévu, j'étais soulagée. Non pas que je ne veuille pas d'enfants. Franchement je n'y avais jamais pensé avec cette famille de dingues, la politique, le racisme, le changement climatique, élever un enfant coûtait cher de nos jours. Mais pourquoi pas si je rencontrais l'homme - ou l'extraterrestre - idéal.

« Et pour le reste ?

– En cas de ligature des trompes ? Si un caisson Regen peut y remédier ? »

Ignorant ce qu'était un caisson Regen, je me contentai d'opiner du chef.

« Une ligature des trompes n'est pas irréversible, Whitney. Elle ne nécessite pas de quelconque réparation.

A moins que l'opération soit récente et l'organisme pas encore remis, le caisson Regen considérera l'utérus comme stérile et par conséquent, guéri. »

Elle avait raison.

« Avant que vous me posiez la question, un bras manquant ne repousse pas. Les caissons Regen ne soignent pas tout. Ce qui peut être guéri devient irréalisable si on tarde trop. »

J'étais sur la bonne voie, pourquoi ne pas tenter ma chance ? Simple curiosité. Un de mes plus grandes défauts, comme disait ma mère. Je ne m'occupais jamais de mes affaires. « Et les extraterrestres gays ? Ils vivent différemment ? Et les lesbiennes ? Certaines combattantes se marient ?

– Etes-vous en train de me dire que vous êtes lesbienne, Mademoiselle Mason ?

– Non. Mais ma cousine, oui. Elle est célibataire et a du mal à trouver l'âme sœur. »

La Gardienne Egara haussa les sourcils, son regard pétillait comme si elle appréciait l'étrange tournure de la conversation. J'imaginais que répéter la même chose tous les jours devenait lassant. Protocole par ci, protocole par là.

« Oui, nous dénombrons quelques lesbiennes mariées. Pour l'instant, le test des épouses est essentiellement féminin mais certaines espèces demandent des hommes gays. J'ai formé un couple gay voilà deux jours. C'était mon troisième. »

« Quoi ? » Bon sang, je plaisantais. Enfin, presque.

« Et si le mec gay, combattant volontaire, rencontre un autre extraterrestre sexy dans un bar ? »

Elle éclata de rire, toute sévérité envolée, elle était

belle. Elle n'était pas aussi âgée que je le supposais. Elle ne devait même pas avoir trente ans. « Eh bien, ils devront terminer leurs deux années de service avant de s'installer, mais oui, c'est possible. » Elle haussa les sourcils. « Dans l'espace, les bars s'appellent des cantines. »

Bizarre comme mot, mais peu importe. J'imaginais des extraterrestres gays super sexy en train de tringler, ça m'excitait. Peu importe, j'étais une chaudasse. Un mec sexy était un mec sexy. Regarder ne me dérangeait pas le moins du monde ...

La gardienne s'éclaircit la gorge et retourna à ses occupations—m'envoyer dans l'espace.

« L'interrogatoire est terminé, je suis à vous. J'ai le plaisir de vous annoncer que le système vous a trouvé un partenaire compatible, vous partez sur une planète membre. En tant qu'épouse, vous ne retournerez plus sur Terre, tous les voyages seront régis et contrôlés par les lois et coutumes en vigueur sur votre nouvelle planète. Vous renoncez à votre citoyenneté en tant que Terrienne et deviendrez citoyenne officielle de votre nouveau monde. »

J'avais les larmes aux yeux. Je n'avais pas pleuré depuis des mois, pas depuis que j'avais appris ce que mon père et mon frère avaient fait. Je croyais mes larmes taries. Et maintenant ? Je quittais la Terre pour toujours, je pouvais prendre un nouveau départ ? Je pourrais enfin être moi-même et peut-être réapprendre à faire confiance, rencontrer des gens qui ne soient pas des sociopathes, dénués d'empathie ou valeurs.

Je ravalai mes larmes.

« Je valide.

– Il n'y a pas de retour possible, Mademoiselle

Mason. Selon le protocole 6.2.7a, nous ne pouvons vous contraindre à demeurer avec un partenaire incompatible, quelle que soit la précision du test. Vous aurez trente jours pour décider si le candidat vous convient. Si votre partenaire ne vous satisfait pas, il vous en sera attribué un autre de la planète sur laquelle vous serez transférée. Vous aurez trente jours pour accepter ou refuser les candidats jusqu'à ce que vous vous installiez avec le partenaire de la planète qui vous a été attribué. »

Une sorte de service après-vente. « Rien ne me dérange, pourvu que je parte d'ici. »

Elle se leva et tendit le bras. « Parfait. Installez-vous dans le fauteuil je vous prie. »

Je jetai un œil au fauteuil de dentiste. Allais-je enfin avoir l'orgasme tant attendu ? Je fis ce qu'elle demandait, son doigt glissa sur la tablette, les sangles se refermèrent.

« Question de sécurité, » expliqua-t-elle. Une fois installée, elle poursuivit. « A titre d'information, Mademoiselle Mason, vous êtes compatible avec un partenaire conformément aux protocoles du test et quitterez la planète Terre pour ne plus jamais y revenir. Est-ce bien clair, acceptez-vous cette union ? »

Pourquoi me le rabâcher pour la troisième fois ? Les autres femmes flippaient à ce point ? Elles ne comprenaient pas pourquoi elles franchissaient les portes du centre ? « Oui. »

Le fauteuil s'inclina, je levai les yeux et vis le mur s'ouvrir derrière moi. Le fauteuil glissa comme sur des rails, jusque dans une alcôve ménagée dans le mur. La pièce minuscule était éclairée par des lumières d'un bleu éclatant. Le fauteuil s'immobilisa brusquement, un bras robotisé muni d'une grosse aiguille glissa silencieusement jusqu'à mon cou.

« Ne vous inquiétez pas. Il s'agit d'un NP, il vous permettra de comprendre les autres langues. »

Je grimaçai lorsque l'aiguille surdimensionnée piqua ma peau mais ne ressentis qu'un léger picotement lors de l'injection. Une sensation de léthargie et de bonheur m'envahit, mon corps était tout détendu tandis que je glissais dans une baignoire remplie d'un liquide bleu et chaud. C'était chaud, j'étais tout engourdie...

« Essayez de vous détendre, Mademoiselle Mason. » Son doigt effleura sa tablette, sa voix me parvenait de très loin. « Le processus s'enclenchera dans trois... deux... un ... »

2

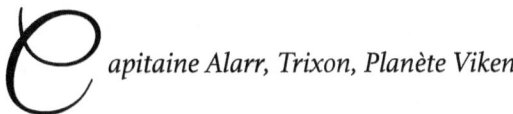

apitaine Alarr, Trixon, Planète Viken

J'OBSERVAIS les deux autres faire les cent pas et faire craquer leurs jointures de colère, hors de la vue du Docteur Hélion. Son visage occupait tout l'écran, sa mine renfrognée était omniprésente, même à des milliers d'années-lumière. Je l'avais contacté dès que j'avais eu vent de ma compatibilité, la discussion avait longuement tourné autour du pot. Le Docteur Hélion était notre commandant sur cette mission et notre seul contact avec les Renseignements. Il n'éprouvait pas la moindre sympathie ni le moindre respect pour le droit sacré d'un homme, celui de protéger sa femme et sa famille.

Aucune.

Merde.

« Ecoutez, Hélion... » hasardai-je, en essayant de lui faire comprendre que je ne voulais pas faire courir de risques à ma future femme, qui n'était même pas encore arrivée. Mais qui ne saurait tarder. Bientôt. Ma femme idéale et parfaite arriverait ici-même, loin de tout, aujourd'hui. Je ne connaissais même pas son nom mais j'étais un protecteur impitoyable. Tout comme Oran et Teig, que j'avais choisis pour veiller sur elle.

« Commandant ou Docteur, Capitaine Alarr, » dit Hélion, en m'interrompant.

Il avait des affaires à régler, c'était généralement le cas quand nous étions en mission, comme celle sur laquelle nous étions tous les trois en ce moment-même, sur Viken, notre planète natale. Nous étions arrivés voilà des mois et nous étions si profondément infiltrés qu'il avait fallu l'arrivée de mon épouse interstellaire pour nous rappeler que nous étions censés être du côté des gentils.

« Viken est peut-être dans un autre système solaire, mais vous êtes toujours sous mon commandement, poursuivit le docteur Hélion. Tout comme vos camarades, Oran et Teig. »

Il imaginait qu'ils écoutaient. Forcément. Et il n'avait pas tort. Il se trompait rarement.

« Vous m'appartenez tous. J'ai prêté serment. L'arrivée d'une épouse est... malvenue, mais vous avez une mission à accomplir. Je me fiche que la déesse en personne se pointe sur Viken, vous êtes ici pour faire votre travail, vous me ferez un rapport une fois terminé. »

Je restai assis les mâchoires serrées, à fixer le guerrier Prillon de l'autre côté de l'écran. Je n'avais eu que quelques minutes pour plaider ma cause, pour lui faire comprendre. J'avais appris il y a moins d'une heure que le programme m'avait trouvé une femme compatible. Je devais retrouver Oran et Teig et réintégrer nos quartiers pour passer cet appel en secret.

L'ennemi risquerait de nous démasquer si nous maintenions la connexion plus longtemps, la communication risquerait d'arriver aux oreilles du Quartier général des renseignements, qui comprendrait alors que nous ne faisions pas uniquement partie des forces de sécurité de la station. Ce serait la mort assurée. Pour moi. Pour Oran. Pour Teig.

Et ma femme.

Notre femme. Il m'était impossible de jouer mon rôle dans notre mission et protéger cette femme seul, je leur avais demandé de se joindre à moi selon la nouvelle coutume Viken en vigueur, un homme de chaque secteur Viken se partageait une femme, comme nos trois rois.

J'étais originaire du Secteur Un. Oran, du Secteur Deux. Teig, du Secteur Trois.

Ni Oran ni Teig n'avaient protesté. Ils avaient accepté immédiatement, aussi désireux que moi d'épouser une femme sexy et consentante. Si l'un d'entre eux apprenait qu'il était compatible grâce au Programme des Epouses en mes lieu et place, les rôles auraient été les mêmes. Nous étions maintenant tous les trois mariés et attendions l'arrivée de notre femme.

« Elle est innocente, Docteur. » Le *Commandant* refusait tout simplement que je puisse être heureux vu mon état d'esprit. « Une volontaire du Programme des épouses interstellaires originaire de la planète Terre. Elle est à moi et rien qu'à moi. Vous devriez comprendre en tant que Prillon, je ne peux pas l'accueillir ici, en plein danger, pendant que nous accomplissons cette mission.

– C'est un ordre, » répliqua-t-il, sans se soucier de mes

propos. C'était peut-être un Prillon mais il s'adressait à moi en tant que Commandant. « Nous traquons le trafic d'armes de la Coalition depuis des mois et nous savons que le transfert *s'effectue* sur la base Trixon située sur Viken. Si vous foutez en l'air votre couverture tout ce travail sera perdu, des milliers d'individus mourront. Savez-vous le mal qu'on a eu à trouver trois agents des Renseignements originaires de Viken, des trois secteurs qui plus est, pour s'assurer que vous puissiez vous fondre dans la masse des employés et du personnel ? C'était quasiment mission impossible. Je ne vais pas tout recommencer depuis le début, et vous n'allez pas tout foutre en l'air tous les trois pour une gonzesse. » Il leva la main. « Je n'ai personne d'autre hormis vous, Oran et Teig. Nous ne pouvons pas envoyer un Atlan pour vous remplacer et le faire passer pour un Viken originaire du Secteur Un. Ne soyez pas stupides, vous parlez comme si vous aviez une bite à la place du cerveau. »

Il avait raison. Je jetai un coup d'œil à Teig et Oran. Nous étions parfaits pour ce travail parce que nous *étions* des Vikens. Nous *étions* et représentions les trois secteurs durant notre mission d'infiltration. Nous *étions* qualifiés pour faire partie intégrante du service de sécurité de ce club de vacances haut de gamme célèbre dans le monde entier, connu pour être la destination la plus sélect, la plus chère et la plus agréable. Des couples Vikens venus de toute la planète passaient leurs vacances à Trixon. Un séjour hédoniste durant lequel tous les désirs et fantasmes sexuels étaient assouvis, quel que soit le lieu de résidence du secteur. Des instructeurs enseignaient les arts sensuels, le sexe en public pour le Secteur Un, la sodomie, le besoin de confiance inhérent au plaisir anal, la soumission et le bondage du Secteur Deux, les compétences du Secteur Trois pour le cunnilingus. Tout ce que les partenaires désiraient, homme, femme, ou de cette nouvelle coutume avec trois hommes, un de chaque secteur, et une femme, tous les désirs étaient satisfaits.

En tant que gardes affectés à la sécurité des élites, nous nous assurions que les séjours des invités soient placés sous le signe du plaisir exclusif, qu'ils en gardent un souvenir mémorable. En toute sécurité. La condition sine qua non.

Nous étions désormais confrontés à l'éventualité de faire courir un risque à notre propre femme. Je fermai les yeux, je refusais d'accepter la vérité. Hélion avait raison. Il pouvait allait se faire foutre, mais il avait raison. Notre femme serait encore plus en danger si elle apprenait la vérité. Refuser sa venue nous mettrait tous en danger. Un simple agent de sécurité ne refuserait jamais une Epouse interstellaire. Merde, les trois rois avaient accepté leur épouse et leur fille avait unifié la planète pour la première fois depuis des décennies. La voix d'Hélion me fit rouvrir les yeux, je m'étais résigné.

« Les armes continueront de transiter en de mauvaises mains, Capitaine, et votre femme, bien qu'importante, n'a pas autant de valeur que la vie de milliers d'innocents. Vous accomplirez votre mission sur Trixon, ou je vous envoie pourrir en prison pendant les vingt prochaines années pour trahison. Est-ce bien clair ? »

– Gros connard, » murmura Teig assez fort pour qu'Oran et moi l'entendions, mais pas le Docteur Hélion. Je levai la main en guise d'avertissement silencieux. Le Docteur Hélion était déjà en rogne contre moi, je n'avais pas besoin de me faire arrêter pour trahison. Je serais incapable de faire quoi que ce soit pour protéger ma nouvelle famille en prison. Une nouvelle famille que je désirais plus que tout, bien que je n'aie pas encore fait la connaissance de ma femme. Ma bite s'agitait à l'idée. Bientôt.

Elle venait de Terre. Elle était à moi. Elle arriverait d'ici une heure. C'est tout ce que je voulais savoir. Je ne savais rien d'elle, mais j'étais déjà possessif et hyper protecteur. Que les dieux la protègent dès qu'elle sera dans mes bras. Je ne la quitterais jamais. Elle ne serait jamais hors de notre vue. L'un de nous veillerait toujours avec elle. Sur sa sécurité.

J'observais les combattants que j'avais choisis et soutint le regard de Teig. Il acquiesça d'un air farouche, sans la moindre trace de sa bonne humeur habituelle. C'était une question de vie ou de mort pour notre femme, nous devions tous comprendre et accepter les risques.

Teig acquiesça, je me tournai vers Oran. Il plissa ses yeux clairs, son besoin de tout contrôler flamboyait dans son regard, sa peau claire vira au sombre, le contraste était frappant par rapport à ses cheveux dorés. Mais lui aussi connaissait les risques, il savait ce que s'éloigner de notre femme— ou de notre commandant, impliquerait. Il serra les poings mais hocha la tête. Nous étions d'accord.

Notre femme n'allait pas tarder à arriver. Nous veillerions sur elle — elle n'entrait en rien dans notre mission — jusqu'à la fin. Nous la protégerions, nous terminerions notre mission et quitterons cette putain de planète pour vaquer à nos occupations.

« Limpide, Docteur. »

Je m'éclaircis la gorge, je savais que ma peau claire virait au rouge sous l'effet de la colère et serait parfaitement assortie à mes cheveux roux. Le docteur était loin d'être stupide. Il savait que j'étais sincère rien qu'en me regardant. Je n'étais pas une nouvelle recrue, tout juste sortie de l'Académie de la Coalition. Oran et Teig non plus. Nous étions des agents des Renseignements récemment affectés au Bataillon Zeus. De là, nous étions envoyés en mission. Aucune de ces missions ne nous avait menés sur Viken, jusqu'à présent.

J'étais un Capitaine des Renseignements avec plus de dix ans d'expérience en tant que combattant dans cette guerre. Cette mission sur notre planète natale pour traquer des trafiquants d'armes était temporaire. J'allais me marier pour la vie *pendant* que nous trouverions la provenance de ces armes. Il était grand temps de le lui rappeler.

« Tant que nous serons sur Trixon, vous veillerez à ce que ma femme et *ses trois* partenaires Vikens soient logés décemment en attendant notre retour à bord du Cuirassé Zeus. Nous réintégrerons notre bataillon une fois la mission terminée. Désormais, seuls deux d'entre nous seront affectés à une seule mission à la fois. Nous ne laisserons pas notre femme sans protection. »

Teig et Oran acquiescèrent leur accord alors que je contemplais Hélion à l'écran.

Hélion agita la main comme si j'étais un idiot ou un enfant. « Bien sûr. Vous l'avez dit vous-même, je suis un Prillon. Je comprends ce besoin de protéger sa partenaire, Capitaine. Je sais que je peux vous faire confiance, ce serait le comble si trois agents des Renseignements soient mal entraînés au point de ne pouvoir protéger une femme innocente dans un club de vacances. »

Il se *payait ma tête* ? « Nous la protégerons coûte que coûte.

– Bien sûr que oui, cette discussion est terminée. » Le docteur poursuivit mais je gardai le silence. « Mais vous êtes trois sur Viken, d'après vos couvertures, vous faites partie du peloton de sécurité d'élite. Cependant, votre accès aux zones plus... sensuelles est limité. Vous pourrez peut-être veiller sur votre femme... et l'utiliser pour accomplir votre mission. Un doublé gagnant. »

Je voyais où il voulait en venir, je n'aimais pas ça.

« Capitaine Alarr, c'est le lieu idéal pour faire la connaissance d'une jeune mariée. Les pavillons d'entraînement Vikens sont réputés pour leurs arts sensuels, et plus *particulièrement* le club de vacances Trixon. » Il se pencha et me sourit comme seul un Prillon pouvait le faire, ses traits coupés au couteau incapables d'esquisser un véritable sourire. Il ressemblait à un monstre grimaçant, mais je ne pouvais pas le lui dire.

« Servez-vous d'elle, messieurs. Je sais que vous m'écoutez tous les trois. C'est votre mission, l'arrivée d'une nouvelle compagne est la distraction idéale, une pause nécessaire. Être soldat d'élite est une chose, mais en tant que jeunes époux, vous aurez libre accès à tous les pavillons. À chaque lieu. Chaque club. Je ne doute pas que le parc de loisirs vous permettra de *prendre part* à tout ce qui vous est proposé durant votre temps libre. Si le Commandant Clive est derrière tout ça, comme je le suppose, il n'hésitera pas à vous donner accès à ces nouvelles... zones. »

J'avais rarement eu autant envie de frapper un officier supérieur. Le Commandant Clive dirigeait la sécurité sur Trixon. Nous n'avions absolument aucune preuve qu'il faisait partie de l'opération de contrebande, mais Hélion insistait. Il avait rencontré cet homme, qui lui déplaisait.

L'instinct.

Peu importe. Je préférais avoir des preuves avant de condamner un collègue. Logique.

Et ma logique me criait de récupérer ma femme et décamper. Mais fuir n'était malheureusement pas au programme.

Hélion poursuivit. « Donnez-lui du plaisir mais utilisez-la à notre avantage, trouvez le vaisseau, trouvez le fournisseur et posez cette balise de repérage sur le navire assurant la livraison avant qu'il ne quitte l'espace aérien de Viken. » Il se recula et sourit. Si je ne le connaissais pas mieux, j'aurais été tenté de penser qu'il avait trafiqué le résultat du test des Epouses interstellaires pour que ce scénario tourne à son avantage.

C'était pourtant simple. Trouver les trafiquants, les suivre jusqu'à la remise des armes et placer une balise de repérage sur le navire de livraison afin que, dès son retour dans l'espace de la Coalition, les Renseignements le traquent ainsi que ses fournisseurs au sein de la Flotte.

Simple. Facile. N'est-ce pas ? Nous étions sur la piste de cette livraison de trafic d'armes depuis des mois sur Viken, ici-même, mais nous n'avions toujours aucune idée de qui se cachait derrière ces livraisons.

Mais nous *avions* une bonne idée de la date de la prochaine livraison. Tout ce que nous avions à faire était procurer du plaisir à notre femme, la laisser dans l'ignorance de notre mission, traquer les contrebandiers, nous faufiler dans la zone de livraison, placer une balise de repérage sur une navette de la Coalition sans se faire repérer, puis, emmener notre femme à bord du Cuirassé Zeus pour couler des jours heureux.

« Quel bordel. »

Le Docteur Hélion fit semblant de ne pas avoir entendu ma réflexion. « Vous avez déjà découvert où ils stockent les armes avant la livraison, vous ne pouvez pas vous permettre de perdre leur trace. Vous ne devez pas les quitter des yeux. Une fois que vous aurez découvert qui dirige l'opération de contrebande *et* que vous aurez placé les balises dans ces caisses, *et* que vous aurez vérifié que les caisses aient bien été chargées sur le vaisseau de livraison, alors seulement vous retournerez à bord du Cuirassé Zeus pour reprendre votre mission précédente, à savoir rechercher les vaisseaux furtifs de la Ruche. Je suis sûr que vous n'aurez aucun mal à assurer cette mission, du moment que l'un de vous reste auprès de votre femme. Mais d'ici là, j'ai besoin de vous sur votre planète-mère. Sur Viken. Sur Trixon. Faites votre devoir et protégez les autres mondes de la Coalition. Ne perdez pas ces armes de vue. Nous touchons presqu'au but, nous ne pouvons pas abandonner. Femme ou pas.

– Je n'aime pas ça du tout.

– Je m'en fiche. Faites votre boulot. Est-ce bien clair ? » aboya-t-il.

Je refusai de le saluer. C'était mon commandant, mais aussi un vrai connard, et il le savait. Il nous forçait à utiliser notre femme, à lui procurer du plaisir au prétexte d'infiltrer une opération de trafic d'armes. L'idée de l'utiliser me donnait envie de casser quelque chose. Ou plutôt quelqu'un. Lui.

Son plaisir devait être pur, exempt des mensonges et des ordres du Docteur Hélion. Mais c'était impossible.

Pas tant que nous serions sur Viken. « Nous partirons avec notre femme sur le Cuirassé Zeus quand tout sera terminé, Docteur. Alarr, terminé. » C'était la seule réponse qu'il obtiendrait.

Je mis un terme à la communication et me retournai pour juger de la réaction des deux hommes avec lesquels je partagerais ma femme, qui m'aideraient à la protéger et lui donner du plaisir.

M'aideraient à lui *mentir*.

Teig était brun, ses cheveux bouclés en désordre lui arrivaient au menton. Il ressemblait à un barbare avec ses épaules larges hyper musclées, ce qui lui allait à ravir. Originaire du Secteur Trois, la bande gris acier sur son bras indiquait son appartenance à ce secteur, il se vantait auprès des femmes célibataires d'aimer se lover entre leurs cuisses humides, presque autant qu'Oran, avec son côté dominateur.

Oran était du Secteur Deux, vêtu de noir de la tête aux pieds. La couleur contrastait fortement avec ses cheveux blond clair coupés courts. Son moral d'acier nous avait sauvé la vie plus d'une fois par le passé. Il protègerait notre femme farouchement.

Je pouvais compter sur ces deux hommes, tout comme je l'avais fait de à de multiples reprises par le passé. Ce n'était pas notre première mission ensemble, mais la première fois que les Renseignements nous envoyaient sur Viken. Notre retour était empreint d'une certaine amertume, le temps passé à travailler à Trixon nous avait conforté dans l'idée que nous n'avions pas de partenaire. Pas de femme à protéger ou à qui donner du plaisir. Voir les autres hommes avec leurs femmes comblées me faisait désirer des choses dont je n'osais plus rêver depuis des années.

Maison. Famille. Enfants. Autant de raisons de poursuivre le combat. J'avais plus besoin de réconfort que jamais. Dix ans à traquer la Ruche laissaient de profondes séquelles qui ne guériraient jamais complètement. Ces blessures de l'âme m'épuisaient dernièrement. Je ne l'avouerais jamais à Teig ou à Oran, mais je craquais, j'avais besoin que notre jeune épouse répare mon cœur blessé.

Elle était un cadeau du ciel. Un cadeau que je chérirais, adorerais, à qui je donnerais du plaisir. Protégerais. Mais Hélion voulait qu'on se *serve* d'elle. Qu'on lui mente. Qu'on lui procure du plaisir dans le seul but de nous aider dans notre traque.

J'écumais de rage, je savais pourtant que je devais obéir à son ordre. Une fois ma femme devant moi, je ne pourrais pas résister à l'envie de la faire jouir. J'imaginais ses cris de plaisir tandis qu'elle jouirait inlassablement. Sans relâche, elle ne pourrait plus se passer de notre sperme aux vertus spéciales. Plus jamais.

Je remis ma bite en place dans mon uniforme sombre et contemplai fixement l'écran noir. « Je n'arrive pas à y croire.

– Je commence vraiment à détester ce Prillon. » Oran faisait les cent pas devant la porte, raide, son regard scannant sans relâche les alentours et les issues de nos appartements.

« Il ne fait que son travail, rétorqua Teig. On fait le nôtre. En même temps, on procurera à notre femme tellement d'orgasmes qu'elle ne saura pas que nous sommes ici pour une raison autre que celle de s'occuper d'elle.

Elle ne doutera plus jamais de notre dévouement lorsque nous la ramènerons à bord du Cuirassé Zeus. Elle sera hors de danger. Dis-lui que cette parenthèse privilégiée fait partie de notre plan. Pour elle. Un mariage Viken spécial et traditionnel contracté pour son bonheur. » Teig était avachi sur un fauteuil, une jambe devant lui, une autre sur l'accoudoir, son pied se balançait comme s'il n'en avait rien à faire.

C'était le plus filou d'entre nous. Beau parleur avec les femmes, mais il égorgeait l'ennemi avant qu'on s'en rende compte, sans jamais se départir de son sourire, en dépit de ses yeux noirs. Lui aussi la protégerait bien. Et lui donnerait du plaisir grâce à ses cunnilingus, ce qui n'était pas mon fort. L'idée ne me dérangeait pas, je la comblerais différemment.

Je lissai mon uniforme marron foncé du Secteur Un d'un air perplexe. « Je n'aime pas ça. C'est notre femme, pas un pion faisant le jeu d'Hélion.

– On est tous des pions, Alarr. Nous devons retirer ces armes de la circulation avant qu'il n'y ait un autre massacre. » Teig n'avait pas tort. Il y a quelques mois à peine, des dizaines d'innocents avaient été massacrés dans une base illégale située hors de la zone contrôlée par la Coalition. Quelles armes les agresseurs avaient utilisées ? Les nôtres. Cela concernait la Coalition. Nous les traquions depuis des mois sur Viken. Les Renseignements les avaient suivis jusqu'ici, le Docteur Hélion nous avait demandé de quitter le Cuirassé Zeus pour nous réaffecter sur notre planète-mère.

Je comprenais son raisonnement mais cela ne voulait pas dire que j'avais envie de passer de longues semaines seul dans un paradis sensuel. Sans partenaire.

Mais nous ne nous étions pas ennuyés. Nous étions sur la piste d'une livraison d'armes qui aurait lieu les jours prochains.

Nous pourrions peut-être donner du plaisir à notre femme... la distraire suffisamment pour qu'elle ne se doute de rien.

Viken était chère à mon cœur. C'était chez moi. Ma famille était partie depuis longtemps, tous morts ou disparus. Je n'étais plus rentré chez moi depuis bien longtemps, les quelques cousins qui me restaient vivaient leur vie. Il était temps de retourner protéger *toutes* les planètes de la Coalition. Viken était trop petite. Je me sentais insignifiant ici.

Un cuirassé tout neuf et un nouveau Commandant de bataillon nous attendaient. Le Commandant Zeus avait gagné haut la main sur Prillon Prime, surpassant les autres si rapidement que la nouvelle de son caractère impitoyable s'était répandue comme une traînée de poudre au sein de la Coalition. Les commandants des cuirassés incarnaient l'élite, même parmi les guerriers Prillons. Leurs familles formaient des dynasties régnant sur plusieurs centaines d'années.

Ajoutez à cela que Zeus n'était qu'un demi-Prillon, sa réputation au sein de la Flotte avait produit l'effet d'une bombe atomique. Mi-Prillon, mi-humain.

La petite planète était membre probatoire de la Coalition depuis quelques années à peine, mais son influence s'était rapidement étendue. Les trois rois avaient commencé par épouser une humaine, le Prime Nial et son second, Ander, avaient possédé une humaine dans l'arène de Prillon Prime devant toute la Coalition des planètes, ses hurlements de plaisir avaient été retransmis en direct sur tous les cuirassés du monde entier. Elle était devenue une légende. La reine Jessica Deston, une femme intrépide et passionnée que tous les mecs célibataires de la Coalition rêvaient de posséder. De baiser. Dignes d'être choisis par une femme aussi forte et farouche.

Ander, son second, et même les seigneurs de guerre d'Atlan n'osaient parler de sa beauté et de sa fougue. Mais dans les bars, entre deux missions, les guerriers, les combattants et les seigneurs de guerre parlaient beaucoup de cette petite planète bleue plus connue sous le nom de Terre, de leurs femmes si désirables. Sans compter qu'elles avaient réussi à épouser des mâles issus de nombreuses races, Atlan, Prillon, Viken, Trion, Everian... les contaminés de la Colonie n'effrayaient pas ces femmes farouches légendaires.

L'une d'elles avait apparemment tué un Nexus à mains nues et apprivoisé un monstre Forsian... un Forsian *contaminé* de Rogue 5. Ce connard avait des crocs.

Une autre femme notoirement célèbre était la Vice-Commandante Niobé de l'Académie de la Coalition. Cette femme recevait ses ordres du Prime Nial en personne.

Et voilà qu'une humaine m'avait été attribuée. Une Terrienne. Une humaine douce, voluptueuse, intrépide, que je devrais protéger et à qui donner du plaisir.

J'attirerais la convoitise de tous les guerriers du Cuirassé Zeus. Tout comme Oran et Teig. Elle nous appartenait, nous ne l'abandonnerions jamais.

Nous avions brièvement rencontré Zeus avant d'être envoyés ici. Mais j'avais passé suffisamment de temps avec lui pour savoir qu'il était un remarquable guerrier de

Prillon, un Commandant digne de ce nom, chaque seconde perdue à traquer les contrebandiers sur Viken était un jour de plus où toute la Flotte de la Coalition serait vulnérable en cas d'attaque. Oreg, Teig et moi avions servi sous un autre commandant des Renseignements avant cette mission, un guerrier Prillon nommé Ronan. Nous avions appris la bonne nouvelle, Ronan avait trouvé la femme de sa vie et était devenu le second du Commandant Karter dans le Secteur 437. Après avoir survécu à la destruction du Cuirassé Varsten, il avait été transféré de façon permanente sur le Karter avec sa nouvelle famille. Il nous avait laissés tous les trois, du Secteur 438, avec un nouvel équipage et le Commandant du Cuirassé Zeus.

Zeus, le nouveau commandant et son nouveau bataillon se retrouvaient donc sans équipe des Renseignements. Nous étions tous trois censés constituer cette équipe. Les vaisseaux furtifs de la Ruche étaient toujours là. Oui, le Commandant Ronan avait réussi à en détruire un quelques instants avant que le Cuirassé Karter ne soit détruit, mais les Renseignements craignaient qu'il y en ait d'autres.

La Ruche était d'une efficacité redoutable. S'ils avaient réussi à en construire un, ils pouvaient en construire une douzaine. Une centaine.

Que les dieux nous viennent en aide. Nous devions quitter cette planète et retourner dans l'espace. Je me sentais comme une bête en cage, bloqué au sol.

Il ne manquait plus que ça. Une femme. Une partenaire. Mon cœur battait plus vite, ma bite se réveillait. Un sentiment de satisfaction gonflait ma poitrine.

Merde.

Comment la protéger si je devais partir en mission à toute heure du jour et de la nuit ? Quand la priorité était traquer un marchand d'armes, et non la posséder ? J'étais le pire des hommes, je ne méritais pas de me marier. Je ne méritais *aucune* femme, mais surtout pas une Terrienne.

Oran croisait les bras, campé sur ses deux pieds comme s'il se préparait à encaisser un coup. « Nous n'avons pas le choix, Alarr. Elle arrive. Elle est à nous. Nous allons la protéger. Lui procurer du plaisir, quels que soient les ordres d'Hélion.

– Tu lis dans mes pensées ?

– Non. Nous pensons tous la même chose. Cette situation n'est pas idéale. » Il prit une flèche dans son carquois sur son dos. « Mais nous découvrirons qui utilise Viken comme plaque tournante pour les armes volées. Et nous épouserons notre femme. Nous sommes trois. Nous veillerons sur elle, nous attraperons le salaud qui vend des armes illégales et quitterons cette putain de planète.

– Le plus tôt sera le mieux, » convint Teig.

Je contemplais les hommes que j'avais choisis pour accueillir notre femme au sein de notre famille en souriant. De bons guerriers. Compétents. Respectables.

Une famille.

J'acquiesçai. Le plan n'était pas idéal, mais nous n'avions pas le choix. L'arrivée de notre femme était imminente. Nous étions encore en mission. Nous avions une femme à protéger et une mission à accomplir. Nous étions trois. Nous pouvions faire les deux. « Allons-y. Elle arrive d'ici quelques minutes. »

Teig poussa un cri de joie. Mon petit sourire se mua en un franc sourire devant ce qui nous attendait. À quoi ressemblait-elle ? Fougueuse ou taciturne ? Sauvage ou réservée ? Sensuelle et douce ou mince et musclée ?

Était-ce bien important ?

Non. Elle m'appartenait. Elle me correspondait en tous points et j'avais hâte de la posséder.

3

Whitney, Salle de Transport du Club de Vacances Trixon, Planète Viken

J'OUVRIS les yeux une fois la douleur oppressante du transport passée. J'essayai de prendre mes repères. Je n'étais pas une triathlète. Je ne courais pas dans les escaliers pour le plaisir et ne faisais pas des flexions-extensions dans l'espace pour voyager sur d'autres planètes.

Jusqu'à aujourd'hui.

Je pris appui sur mes bras, décollai ma poitrine du sol et regardai autour de moi. Il était peut-être préférable que je reste allongée sur cette plateforme froide et dure. Je me regardai, j'étais enveloppée dans une couverture douce et soyeuse qui m'arrivait aux chevilles, une robe chatoyante chocolat noir qui allait à ravir avec ma peau café au lait. Je sentis que je ne portais ni culotte ni soutien-gorge. Je levai les yeux et aperçus trois hommes qui me dévoraient du regard, nul besoin de porter des dessous.

Bon sang. Ce n'était pas n'importe quels hommes. Des Vikens aussi différents que le jour et la nuit. L'un d'eux s'avança, ses cheveux auburn foncé tirés en arrière étaient noués en catogan. Il ressemblait à un guerrier viking du temps jadis. Sa peau claire, ses yeux bruns chaleureux et ses cheveux roux me rappelaient les guerriers sexy vus dans une émission l'année dernière, mais son uniforme relevait de la science-fiction, du *Star Trek* pur jus. Brun foncé, un brassard sur le bras, un pistolet laser sur la hanche.

Oui, un pistolet laser. *On n'est plus au Kansas ma belle.*

Il s'approcha de moi et s'agenouilla en prenant ma main. « Je suis Alarr, ton mari. »

Sa main était ferme, contrairement à la mienne. Je tremblais comme une feuille en me redressant. J'acceptai son aide pour me relever. Sa main était chaude. Puissante. Je frissonnai en imaginant ses doigts me caresser. J'étais sur cette planète depuis dix secondes, et je pensais déjà au sexe.

Il me souriait. « Je suis heureux de te voir porter les couleurs de mon Secteur. Tu es très belle, ma femme.

– Donne une cape à notre femme. Sur le champ. » Je me retournais devant son ordre impérieux et vis un homme à l'allure farouche, un blond à la coupe réglementaire, qui me transperçait du regard. Un regard qui me fit frissonner, mes tétons durcirent, ma chatte se contracta avec un plaisir renouvelé.

Ce n'était pas lui dans le rêve, mais quelqu'un de semblable, un homme dont la voix exigeait obéissance. Domination. J'étais encore à l'autre bout de l'univers voilà trente minutes à peine, je m'étais réveillée de mon test et voilà, les sons et sensations de ce test coulaient encore dans mes veines. Et cette voix. Merde. Elle était torride.

Je frissonnai en croisant son regard. Froid comme de la glace. De la glace brûlante.

La Gardienne Egara savait exactement ce qu'elle nous faisait à nous, les mariées, n'est-ce pas ? Nous exciter avec ce rêve de recrutement, puis nous expédier à des guerriers extraterrestres sexy et virils, ivres de désir et qui bandaient comme des taureaux.

Alarr et le blond n'essayaient même pas de cacher l'intérêt qu'ils me portaient, ni leurs bites protubérantes sous leurs pantalons, ni l'intensité du regard du blond. Ma chatte se contractait, j'étais reconnaissante de donner la main à Alarr, son assurance et sa tranquillité m'apaisaient,. L'homme au regard glacial ne tenterait rien.

Je n'étais jamais sortie de ma zone de confort en matière de sexe. Mais je savais que cela changerait, cette pensée m'excitait et me terrifiait à la fois.

Qu'avais-je donc fait ? J'avais abandonné ma vie sur Terre, quitté mon appartement sur la côte, la plage, le sable. J'avais quitté une famille qui avait tout gâché. J'avais saisi ma chance. Pris un nouveau départ.

Repartir de zéro. N'oublie pas. Pas de règles. Pas d'histoire. Juste moi.

Et eux. Mes maris. *Tous les trois*.

Alarr m'amena devant le deuxième homme au regard bleu glacier, très concentré. Alarr prit la parole. « Femme, voici Oran, ton second mari. Il te protégera et veillera à te procurer du plaisir. »

Oran prit ma main, se pencha et déposa un baiser à l'intérieur de mon poignet, un baiser qui envoya une décharge le long de ma colonne vertébrale. La chaleur, et non le froid, m'envahit alors qu'il n'avait touché qu'une infime parcelle de mon corps. « Bonjour, ma femme. »

Il leva les yeux et me scruta de pied en cap. Il s'attarda sur mes hanches larges, mes seins ronds moulés dans le tissu soyeux. Son regard se posa sur mes lèvres. J'avançai vers lui, incapable de résister au désir que je lisais dans son regard.

Putain de merde. Ces mecs étaient hyper sexy. Du sexe à l'état pur. J'étais dans la merde, et pas qu'un peu. Et ce rêve du test ? Un film porno, une mise en bouche.

Il me prit dans ses bras et déposa un baiser doux et tendre au coin de ma bouche. « Je dois partir, ma chérie. Je dois partir en mission. Alarr et Teig s'occuperont de toi jusqu'à mon retour. »

Bizarrement déçue, je n'allais pas les avoir tous les trois pour moi, là, tout de suite, je tournai légèrement la tête et embrassai ses lèvres. Doucement. Rapidement. « Tu ne peux pas te faire porter pâle ? »

Sans vergogne. J'étais totalement folle et je m'en foutais. J'aurais dû simplement hocher la tête, prendre un peu de temps pour m'adapter à... tout ça, mais j'avais du mal. Ces trois extraterrestres sexy m'excitaient terriblement.

Je faisais preuve d'audace, mais je n'étais généralement pas si effrontée avec ma sexualité, surtout avec quelqu'un que je venais de rencontrer. Je savais que mes joues d'ordinaire caramel clair avaient pris une légère teinte rosée mais je m'en fichais. J'étais fatiguée d'avoir constamment peur, de ne jamais demander ce que je voulais. Voir ma famille éclater, mon père et mon frère en prison, m'avait fait prendre conscience du temps qui passe. Je n'avais qu'une seule vie. Une seule. J'en avais marre d'avoir peur d'exister.

Je n'étais plus sur Terre. Je pouvais être une autre. Moi et moi seule. Pas Whitney Mason, héritière de la célèbre famille Mason. Mais Whitney, femme d'Alarr. Et des deux autres.

Oran fit un pas en arrière et secoua la tête. « Tu me demandes de prétexter être malade pour passer du temps avec toi ? » Il croisa le regard d'Alarr, ses yeux perdirent de leur chaleur, remplacée par quelque chose que sa proie verrait sûrement lorsqu'il était en chasse. Son regard était vide, impitoyable, je n'aurais pas voulu être à la place de ses hommes. La chaleur et quelque chose d'autre revint lorsqu'il posa son regard sur moi. La tendresse. L'étonnement. Peut-être mon désir pour lui ? « C'est impossible. Je dois y aller, mais je te jure, ma chérie, que je compenserai au centuple le plaisir dont je te prive. Alarr et Teig combleront tous tes désirs. »

Sur ce, il tourna les talons et s'éloigna, me laissant bouche bée alors que la main d'Alarr se posait au creux de mes reins. La chaleur m'envahit tandis que j'intégrais le fait que ce magnifique chasseur, ce prédateur, était à moi. Alarr était à moi. Oran était à moi. A moi. A moi. A moi.

Mais il n'y en avait que deux, et bon sang, j'en voulais trois depuis que j'avais fait ce rêve. Tous les trois. Dévoués. Pour me caresser. Prendre soin de moi. Ma famille avait toujours symbolisé le gâchis total. Des menteurs. Des escrocs. Des voleurs. On ne pouvait pas leur faire confiance. Je devais toujours — *toujours* — prendre soin de moi. Pouvoir faire confiance à quelqu'un d'autre serait génial, merveilleux. Trois individus ...

Je cherchai mon troisième partenaire, me retournai suite à la proposition d'Alarr et croisai le regard d'un dieu brun. Ses cheveux, plus longs que ceux d'Oran, lui arrivaient au menton. Ses boucles sombres et ses yeux noirs étaient intenses, mais pas aussi dominateurs et impitoyables que ceux d'Oran. Le regard de cet homme *incarnait* le plaisir. Si je l'avais rencontré dans un bar sur Terre, il aurait éclipsé tous les autres. Il puait le sexe à plein nez. Le plaisir. La baise. La sueur. Du sexe sur un tabouret de bar. Du sexe sur le billard. Du sexe sous la douche. Du sexe contre le mur.

Son sourire s'élargit en contemplant ma poitrine monter et descendre, mes tétons sombres et durcis pointer sous mon étole soyeuse.

Quelqu'un lui avait apporté une sorte de cape noire, foncée, qu'il prit sans me quitter des yeux, la cape qu'Oran avait demandée alors que je frissonnais. Il n'avait pas compris que mes tremblements n'avaient rien à voir avec la température de la pièce.

Alarr s'éloigna suffisamment pour que le dieu aux cheveux bruns dépose la cape sur mes épaules. Sa main s'attarda sur mon cou. Je soupirai devant sa délicatesse. Debout entre les deux hommes, j'avais un premier aperçu de ce que serait ma vie entre eux, la chaleur d'Alarr derrière moi, les mains de cet homme dans mon cou, ses lèvres si proches. Je pouvais pratiquement les goûter.

« Tu es Teig ? » demandais-je. Oran avait dit qu'Alarr et Teig s'occuperaient de moi durant son absence. Heureusement, ce dieu du sexe m'appartenait également. Il était trop occupé à me dévisager pour me répondre sur le champ. Il me reluqua jusqu'à ce que je me tortille.

« Oui, jolie dame. Je suis tout à toi. » Il effleura mes

clavicules tandis qu'Alarr s'avançait et pressait ses hanches contre mes fesses, sa poitrine contre mon dos. J'étais entourée par des mecs chauds bouillant, sexy.

« Ok. » Génial, mais bon, c'était la vérité. D'accord. Bon sang oui. D'accord, et comment.

Son sourire me faisait fondre. « Comment tu t'appelles ? »

Quoi ? La main d'Alarr était sur ma hanche, le désir mettait mon cerveau en ébullition.

Derrière moi, Alarr gloussa, la vibration se déplaça jusque dans ma poitrine tel le ronronnement d'un chaton. Un pur bonheur. « Notre femme est en manque, Teig. Trop bouleversée pour nous dire son nom. »

Teig ne détachait pas ses yeux des miens. Il m'empêchait de bouger tout en posant son doigt sur mes lèvres charnues. « Ton nom, mon amour ? Un baiser si tu me le dis. »

Je décidai de le lui dire. Comme un animal de compagnie à qui l'on offrirait une récompense, je ne voyais pas l'heure de sentir ses lèvres sur les miennes. « Whitney. Je m'appelle— »

Teig plaqua ses lèvres sur les miennes tandis que les mains d'Alarr se lovaient contre ma poitrine, pelotaient mes seins. Mes fesses se frottaient contre une longue bite en érection tandis qu'Alarr baissait la tête pour mordiller mon cou.

Oh mon Dieu. J'étais excitée, je ne savais plus ce qui m'arrivait, j'étais en manque et... je m'appelais comment déjà ? Il y avait deux bouches sur moi. Quatre mains. Deux bites se pressaient contre moi.

J'allais mourir, j'essayai de respirer, et encore, ils n'étaient que deux. Je m'écartai des lèvres de Teig —

bordel, ce mec embrassait comme un dieu — et essayai de retrouver mes esprits. Je n'allais *pas* baiser avec deux mecs dans une salle de transport, devant celui qui m'avait apporté la cape. La pièce était probablement équipée de caméras. D'autres soldats. Je n'étais pas une sainte nitouche, mais tout de même. « Pas ici. Je ne veux pas faire ça ici. »

Teig interrompit son baiser tandis que les mains d'Alarr descendaient de mes seins jusqu'à la courbe de mes hanches. Il m'accordait un bref sursis, ses caresses me mettaient le diable au corps, mais j'arrivais encore à réfléchir. Un peu.

« Elle voulait que tu continues, » murmura Teig.

Seul un homme pouvait détecter que j'étais en manque. « Tu n'as pas un appartement ou quelque chose du genre ? » demandai-je.

Teig s'inclina devant moi comme devant une reine. « Bien sûr. » Il regarda Alarr par-dessus mon épaule. « Tu devrais peut-être convaincre ta femme d'assouvir ton désir de baiser en public.

– En public ? Pardon ? » Cette pensée fit battre mon cœur d'horreur... et d'excitation. Je n'avais jamais envisagé coucher avec trois mecs avant, mais le rêve du test m'avait prouvé que ce serait torride, comme si j'avais appuyé sur un bouton marqué « sexe » dont j'ignorais l'existence. Baiser en public ?

Je n'étais pas censée faire l'amour en public. Je n'étais pas censé faire des tas de trucs. Mais rester là avec mes époux, imaginer Oran se joindre à nous ? Jouer le rôle de la « chaudasse » ne me gênait pas tant que ça au final. Il y avait du *négatif*, comme avec ma famille. Du franchement classé X, comme baiser avec trois étrangers sexy par exemple. En public qui plus est ? Si ces deux-là arrivaient à me faire perdre la tête rien qu'en m'embrassant, j'oublierais probablement sur quelle planète j'étais lorsqu'ils me déshabilleraient.

Ma grand-mère se retournerait certainement dans sa tombe, mais elle était morte. Mes *pourris* de père et frère croupissaient en prison à des années-lumière d'ici. Ma mère vivait avec sa sœur et pleurait toutes les nuits, en trouvant des circonstances atténuantes aux hommes de sa vie, contrairement à moi. Pour moi, ils étaient tous morts. Et j'étais vivante. Bel et bien vivante.

« Viens, ma chère femme. Allons visiter notre demeure. »

Alarr arriva par derrière et me prit dans ses bras comme un petit enfant, nous nous dirigeâmes à l'extérieur et traversâmes un étrange village. Je me sentais bien dans ses bras. Un étrange sentiment de contentement me parcourait. Mon mari. J'étais sa femme. La stabilité, la force tranquille qui émanait de tout son être me rendait audacieuse. Je me sentais en sécurité. Si ces trois hommes étaient miens, Alarr était le ciment qui nous unissait. Mon port d'attache.

Le deux autres ressentaient peut-être la même chose ? J'ignorais la dynamique qui unissait ces trois hommes mais je ne tarderais pas à l'apprendre. J'avais vu des hommes ivres se battre pour des femmes sur Terre. Des bagarres de bar. Les mecs se battaient depuis l'école primaire.

C'était complètement différent. Alarr et Teig semblaient tous deux satisfaits de ma présence, se partageaient la responsabilité de veiller sur moi. J'avais un frère âgé de presque dix ans de plus que moi. J'avais grandi seule dans une immense maison. Je rêvais d'une grande famille pleine de vie. Je voulais des enfants. Beaucoup d'enfants. Peut-être une demi-douzaine, à condition d'avoir de l'aide. Je n'élèverais pas un enfant en solo. J'en avais trop vu. Beaucoup trop.

Mais trois pères ? Teig serait-il contrarié si le bébé avait les cheveux roux d'Alarr ? Comment fonctionnait l'ADN Viken mêlé à celui d'une humaine ? J'avais les cheveux noirs. Des yeux noirs. Ma peau était couleur caramel avec un soupçon de crème. Sur Terre, si j'avais un bébé roux ou blond, ce bébé me ressemblerait. Mais ici ? Je n'en avais aucune idée, et ils ne semblaient pas s'en soucier. Ils n'avaient rien dit concernant ma couleur de peau, mes cheveux. Rien.

Ils m'avaient regardée et acceptée telle que j'étais. Ils m'avaient touchée. Ils me désiraient. Ils m'avaient déjà dit que j'étais belle.

Seigneur. Pas étonnant que je me sente toute chose dans les bras d'Alarr. On ne m'avait jamais traitée comme... comme si rien n'était inhabituel chez moi. Ou bizarre. Ou moins bien que les autres. J'avais toujours été classée dans telle ou telle catégorie au cours de ma vie. Une femme. Noire. Riche. Artiste. Rebelle. Une marginale quand j'avais quitté l'école. Une vendue quand je fréquentais des amis blancs. Un esprit libre quand j'avais déménagé en Californie. Mon père m'avait même traité de traîtresse quand j'avais refusé de voter aux dernières élections. Des étiquettes. Des putains d'étiquettes.

Et maintenant ? Maintenant, je n'étais plus personne. J'étais presque en lévitation, en proie à un sentiment de liberté entêtant. A la fois étourdie et bouleversée, je m'accrochais à Alarr qui me portait chemin faisant, Teig ouvrait la marche deux pas devant nous.

Je n'avais aucune idée de l'endroit où je me trouvais, si ce n'est sur Viken. Cela ne ressemblait pas à une ville. Il n'y avait ni magasins, ni maisons, ni routes. Mais des parterres de fleurs soignés avec des fleurs exotiques que je n'avais jamais vues auparavant, de magnifiques bâtiments, des étoffes soyeuses et douces, des tissus transparents emportés par le souffle d'une brise légère. Les allées étaient éclairées par des pierres lumineuses revêtant la forme des vraies fleurs qui embaumaient l'air chaud. Tout était beau. Doux. Erotique.

On se serait cru dans un cadre exclusif pour lune de miel sur une île tropicale comme les Fidji ou les Maldives.

Je n'étais pas en lune de miel ? Si ? J'étais mariée maintenant, compatible. J'avais épousé trois hommes Vikens venus d'une autre planète.

Je me pelotonnais dans les bras d'Alarr et me détendis. La Gardienne Egara n'avait jamais mentionné l'éventualité d'avoir un vrai connard pour partenaire. Ce ne serait pas mon partenaire idéal, n'est-ce pas, puisque je ne voulais pas d'un connard. Quelle femme voudrait d'un connard ? Je devais avoir confiance en cette union, dans les tests et dans le fait qu'Alarr était un homme respectable, contrairement à mon père. Qu'il était digne de confiance, qu'il me protégerait pendant que je découvrirais ma nouvelle planète.

C'était bien ma planète, désormais ? Il symbolisait mon havre de paix. Oran et Teig aussi. D'après la rumeur, ces guerriers extraterrestres ne mentaient et ne trompaient jamais. Ils étaient aussi respectables et valeureux que possible. La Gardienne Egara ne m'aurait jamais mal conseillée.

Je pouvais me fier à mes nouveaux partenaires. J'avais le sourire, je me détendais. Je pouvais enfin faire confiance à quelqu'un. Tomber amoureuse. Tout leur donner. J'avais déjà renoncé à mon monde, à ma planète. A tout ce que je connaissais. Pour Alarr, Teig et Oran. Mes époux.

Je respirais l'odeur virile d'Alarr et souriais, un premier sourire franc et massif qui venait du fond du cœur, un sourire émailla enfin mon visage après tant d'années. J'étais libre.

Je poussai un soupir de soulagement lorsqu'il me fit franchir le seuil de la porte, nous entrâmes dans la suite d'un petit bungalow décoré d'une débauche d'étoffes dorées transparentes, de tissus chatoyants et d'un lit recouvert de draps ivoire suffisamment grand pour accueillir quatre personnes.

Oh, oui. C'était bien moi. Le nouveau moi. Fini les conneries sur Terre. Terminé Wall Street, les escrocs ou la politique. Je me foutais de savoir qui était élu président ou quelle société faisait faillite. Plus de jugement des cousins parce que j'avais fréquenté une école privée ou grandi dans un penthouse à Manhattan. Envolée la fille de Walter Mason. Plus de paparazzi. Plus de mensonges. Plus d'histoires. Tout ça s'était du passé.

Et c'était parfait.

4

Capitaine Teig, Club de Vacances Trixon, Appartements Privés, Planète Viken

WHITNEY.

La femme devant nous était parfaite. Exotique. Enchanteresse. Je n'enviais pas Oran, qui s'était borné à faire sa connaissance et partir. C'était vraiment cruel. Il aurait du mal à se concentrer sur son taf si sa bite palpitait comme la mienne. Je plaignais tous ceux qui violeraient les protocoles de sécurité, il ne serait pas tendre.

Mais je ne songeais pas bien longtemps à Oran, pas avec notre femme devant nous. Oran en profiterait. Plus tard.

Alarr la posa sur ses pieds, je la regardai. Encore une fois. Je ne me lasserais jamais de la regarder. Sa taille était plus élancée que la plupart des femmes Viken. Elle n'était pas mince, avec des courbes bien marquées et musclée. Alarr l'avait portée facilement mais elle n'avait rien d'une enfant. Pas avec ces beaux seins ronds et ces fesses charnues. J'avais l'eau à la bouche en voyant ses mamelons dressés pointer contre le tissu doux de sa robe Viken traditionnelle. Je me demandais quel serait son goût quand je lui ferais un cunnilingus.

Sa peau mate resplendissait sous la douce lumière de la pièce, comme si elle irradiait de l'intérieur. Alarr était clair de peau, moi plus mate, mais la peau de Whitney était encore plus foncée. Nous étions tous les quatre si différents en apparence ; Alarr avec ses longs cheveux roux, Oran avec ses cheveux ras blonds, moi avec mes cheveux noirs et mes yeux de geai, et Whitney... la perfection incarnée dans sa robe d'un beau marron chaleureux, la nuance du Secteur Un s'harmonisait à merveille avec sa peau, le manteau noir sur ses épaules, la tentation personnifiée.

Elle était magnifique. Unique. A moi. Non, à nous. Elle nous appartenait. Elle venait d'arriver sur cette planète mais c'était une évidence. Je l'avais à peine touchée, Alarr était derrière elle lorsque je l'avais embrassée sur la bouche. Je n'avais jamais ressenti un tel bonheur sur la langue. Mais elle était désormais à nous — en privé, pour répondre à son souhait — pour la découvrir. Lui procurer du plaisir.

Je voulais enfoncer ma langue dans sa chatte et sucer son clitoris. Je contractai les mâchoires. Je devais me tenir tranquille et permettre à Alarr d'imposer son rythme. Je n'étais pas raisonnable. Notre femme était exotique. Magnifique. Je voulais goûter sa peau. Ses baisers. Sa chatte. Je voulais lécher et sucer le moindre centimètre de son corps, qu'elle suce ma bite dure. Je voulais caresser sa gorge douce pendant qu'elle avalerait.

« Teig. » Le ton sévère d'Alarr me tira de ma torpeur. Je décidai d'enlever le manteau des épaules de Whitney comme j'aurais dû le faire depuis que nous étions à l'intérieur.

« Nous sommes seuls, ma femme, dit Alarr. On continue ? Souhaites-tu que tes deux partenaires te caressent et te donnent du plaisir, comme nous le souhaitons venant de toi ? A moins que tu sois fatiguée ? Que tu aies besoin de repos ? »

Il se dirigea vers le lit et souleva les couvertures, elle attrapa son bras et l'arrêta.

« Ne t'avise pas de faire ça. Tu crois que je vais dormir maintenant ? J'ai... hyper envie de toi. »

Nom d'un pistolet laser, en voilà une fougueuse. Ma bite palpitait sous mon uniforme.

Alarr sourit. « Ta chatte te titille ? »

Elle mordit sa lèvre pulpeuse et hocha la tête, soudainement timide tout en frottant ses cuisses. Elle devait mouiller un max.

« Connais-tu les différents secteurs de Viken ? » demandai-je.

Elle se retourna vers moi, sourcils froncés. « Tu veux une leçon sur Viken ? Maintenant ? »

Oran aurait aimé entendre sa voix insolente, la mettre sur le lit et lui administrer la fessée.

« Alarr est du Secteur Un. Alarr voudra t'exhiber devant tout Trixon. Il se fera un plaisir de te faire hurler de plaisir pendant que les autres regarderont. »

Elle jeta un coup d'œil à Alarr, les yeux écarquillés. Je poursuivis.

« Pendant qu'il te sodomisera. »

Elle resta bouche bée tandis qu'Alarr croisait ses bras sur sa poitrine. En hochant la tête.

« Oran est originaire du Secteur Deux. Il t'attachera au lit et te donnera du plaisir jusqu'à ce que tu le supplies. Il exigera une soumission totale. Il te dominera, te privera de plaisir jusqu'à ce que tu demandes grâce. Votre relation sera de maître à esclave, il te poussera à bout, voire au-delà. Si tu désobéis, il te donnera la fessée jusqu'à ce que l'empreinte de sa main s'imprime en rouge sur tes fesses, que tes tétons soient sensibles quand il les pincera.

– Oh, » murmura-t-elle.

Je m'agenouillai devant elle, saisis l'ourlet de sa robe et la remontai. Je caressai ses jambes de la cheville au genou, de la cuisse à la hanche. Je la regardais, soutins son regard puis découvris sa chatte.

Du liquide séminal jaillit de ma verge tandis que je caressais sa toison brune et bouclée, telle une flèche indiquant son vagin. Un vagin glabre, lisse et luisant.

J'inspirai profondément, respirant son parfum doux et piquant. Je salivais d'avance à l'idée de la goûter. Qu'elle jouisse sur ma langue.

Je la sentis trembler légèrement, sa chaleur inondait mes mains. « Je suis du Secteur Trois. » Je me penchai et enfouis mon nez contre sa vulve, relevai le menton et léchai sa fente en faisant glisser ma langue longuement.

Elle haletait et enfouit ses mains dans mes cheveux.

« Dans mon secteur, on aime la chatte. La sentir. La lécher. La doigter. La baiser. Mais surtout, la bouffer. Ecarte tes jambes, ma chérie, laisse-moi goûter, j'en meurs d'envie. »

Je souris en voyant son regard se figer, ses mains

repoussèrent ma tête pour faire en sorte que je reste en haut de ses cuisses.

J'avais raison, sa saveur explosa sur ma langue. Sauvage, chaude. Douce.

« Dans ... dans quel secteur sommes-nous ?

– Ah, ma chérie, ça n'a aucune importance, expliqua Alarr en mordillant son cou. Nous sommes sur Trixon, un club de vacances destiné aux plaisirs. Un lieu où les jeunes mariés découvrent tous les secrets des désirs charnels. Aucun interdit. Le plaisir féminin règne en maître. Tous les désirs sont satisfaits, quels qu'ils soient.

– Tout est réalisable. Dans ce lit, dans les espaces extérieurs du club, dans le bungalow des plaisirs. »

Assez discuté. Je préférais la pratique à la théorie. Mes mains glissèrent sur ses cuisses, je pelotai ses fesses et l'attirai vers moi.

Je léchai de nouveau sa fente et sentis la petite perle de son clitoris contre ma langue. J'effectuai des mouvements circulaires.

Ses genoux se dérobèrent, je la retins. Je la soulevai, pivotais et l'allongeai sur le lit, j'écartai ses cuisses et m'allongeai entre elles à plat ventre. Je plongeai entre elles, explorant sa chatte dans les moindres détails. Je suçais une de ses lèvres, tirais, une puis l'autre, les écartais. Je relevais suffisamment la tête pour la regarder. Des lèvres foncées et roses. Mes paumes étaient toutes glissantes de l'excitation qui maculait ses cuisses. Mon menton en était recouvert. Elle était trempée, excitée au possible. « Imagine un peu, Alarr, si elle est comme ça maintenant, qu'est-ce que ce sera avec notre fameux sperme ? »

Je jetai un coup d'œil par-dessus mon épaule, Alarr finissait de se déshabiller. Sa bite en érection pointait droit vers notre femme. Il empoigna la base de son sexe, se masturbant en mouvement amples, du liquide séminal coulait de son gland sur ses doigts.

Whitney prit appui sur ses coudes et regarda Alarr, pétrifiée. Elle était excitée sur le plan sexuel. Une bretelle de sa robe pendait sur son bras, découvrant le renflement de sa poitrine, un bout de son mamelon foncé apparent. Ses adorables tétons roses se soulevaient et s'abaissaient au rythme de sa respiration saccadée. Sa jupe longue était remontée jusqu'à sa taille.

Il s'approcha et posa un genou sur le lit. « On va voir ça.

– Pas encore. Elle jouira grâce à moi et moi seul.

– Comment ?

– C'est Teig que tu veux, n'est-ce pas ? murmura Alarr.

– S'il refait ce truc avec sa langue, oui. »

Un sourire émailla peu à peu mon visage. « Ce n'est qu'un début, lui promis-je, avant de partir au travail.

– Oh mon Dieu, » cria-t-elle, cambrée, tandis que je la baisais avec ma langue. Les parois de son vagin se contractaient, ma bite se languissait de sentir sa chatte étroite.

J'avais envie de passer des heures ici, à m'occuper de sa chatte, mais je ne pouvais pas laisser Alarr souffrir s'il était aussi désespéré que moi. Je me focalisais sur son clitoris et glissais un doigt dans son orifice. Putain, elle était chaude, humide et serrée !

Je sus à la seconde-même où je trouvai son poing G qu'elle allait partir en tilt. Elle décolla pratiquement du lit. Alarr la calma, il la caressait en faisant remonter sa robe. Elle se retrouva nue, à l'exception de la mousseline remontée au niveau de sa taille.

Je le regardais se pencher, prendre un téton durci dans sa bouche et sucer.

Le moment était venu. Je voulais l'entendre crier quand je la pousserais au paroxysme. Je voulais sentir sa chatte enserrer mon doigt comme elle le ferait bientôt avec nos bites. Je voulais que son doux nectar recouvre mon visage, sentir son odeur et garder son goût en mémoire pour le restant de la journée.

Elle fourra ses doigts dans mes cheveux et tira dessus. Elle s'y agrippa vigoureusement tandis que je lui procurais son premier orgasme Viken.

Son gémissement se métamorphosa en souffle rauque, ses muscles se contractaient, de la sueur perlait sur sa peau.

J'embrassai son clitoris alors qu'elle commençait à se calmer, relevai la tête, retirai mon doigt et le léchai.

« A ton tour, Alarr. »

Il s'empara de sa bite, enduisit son pouce d'une goutte de sperme, puis effectua des cercles autour de son mamelon durci.

Nous observâmes sa réaction, le pouvoir du sperme s'infiltrait en elle, l'enveloppait d'un halo de plaisir qu'elle n'aurait jamais imaginé. Chez les femmes Vikens, notre sperme agissait comme stimulant, un moyen d'augmenter le plaisir de notre partenaire.

Avec les Terriennes, ce sperme aux vertus magiques influait de manière extrêmement plus puissante sur leur organisme. Nous l'avions découvert en lisant la brochure, lors du test.

Une Terrienne deviendrait dépendante, son corps avait besoin du sperme magique, une vraie drogue. Si on le lui refusait, ou si elle restait trop longtemps sans ses époux, son corps en souffrirait. Elle aurait mal. Serait malheureuse.

Mais lorsqu'on l'utilisait afin de lui procurer du plaisir ?

Je souris en la voyant haleter et gémir lorsque Alarr enduisit son autre mamelon de sperme. Je fis de même, recueillais ma propre goutte de sperme et l'étalai pour imprégner son clitoris.

« Oh ! » s'exclama-t-elle avant de jouir en hurlant. Elle avait peut-être fait l'amour avec des Terriens, pris du plaisir grâce à mon cunnilingus, mais je savais qu'elle n'avait jamais ressenti un orgasme aussi puissant grâce au sperme de ses amants.

Sa peau luisait de sueur. Ses yeux sombres étaient voilés. Elle les ferma étroitement tandis que sa bouche s'entrouvrait, ses lèvres pulpeuses et parfaites. Autant j'aimais lui bouffer la chatte, autant j'avais envie qu'elle me fasse une gorge profonde, qu'elle avale mon sperme, que je la possède, qu'elle m'appartienne.

Elle s'agitait et se contorsionnait. Suppliait. Je ne me lasserais jamais de la voir ainsi. Pour l'éternité.

WHITNEY

« C'ÉTAIT QUOI ÇA ? demandai-je, la voix rauque à force de crier.

Putain de merde, un orgasme sans préliminaires, sans pénétration. Ça m'était tombé dessus en un éclair. Rapide. Fort. Sans signe avant-coureur.

Ça ne m'était *jamais* arrivé.

Teig se leva d'entre mes cuisses et posa sa main à côté de ma tête. Il me surplombait, sa tête à côté d'Alarr. Je ne voyais qu'eux—eux et leurs sourires satisfaits, le visage de Teig luisant de ma mouille. J'aurais dû être hyper gênée par mon orgasme ravageur devant de parfaits inconnus, mais je m'en foutais.

Je venais d'avoir un orgasme d'anthologie grâce à ses talents hors pair pour le sexe oral, et un autre... différent. J'en ressentais encore les effets, les parois de ma chatte se contractaient sans prévenir.... waouh.

« C'est l'effet du sperme magique, » expliqua Alarr.

Mon esprit tournait au ralenti, comme si je marchais dans un épais brouillard. « Tu me refais le truc, là ? »

Les yeux sombres d'Alarr brillaient de bonheur. Oui, ils brillaient. Il était très content de lui, il m'avait en quelque sorte fait jouir en enduisant mes tétons de... quoi déjà ? De sperme ?

« Oh, oui. Effectivement, dit-il, sûr de lui. C'est trop intense ? »

Je fronçais les sourcils. « Pardon ?

– Le plaisir. C'est trop intense ? »

Était-ce possible ? Trop de plaisir ? « Non. »

Il fit un signe de tête, puis écarta Teig d'un coup d'épaule. « Dis-moi si c'est trop. Nous ne voudrions pas te faire mal. »

Me faire mal ? Parce que c'était *trop bon* ? Impossible.

Teig roula sur le côté, prit appui sur son coude pendant qu'Alarr s'installait sur moi. Il m'embrassait.

Il ne s'agissait pas d'un premier baiser en guise de préliminaires mais de possession pure et simple. La bouche de Teig était plaquée sur ma chatte, Alarr m'embrassait. Je pouvais faire la différence entre eux. Teig agissait avec calme, conformément à son attitude durant la journée. Alarr se comportait comme un vorace parce qu'il avait attendu. Comme si j'étais l'oxygène nécessaire à sa survie, il me dévorait.

Son corps était chaud, sa peau douce, mais ses muscles bandés étaient un bon indicateur de sa force et sa puissance. Sa queue... épaisse et longue s'enfonçait entre mes cuisses. Je me demandais comment j'allais réussir à accueillir un engin pareil.

Je passai mes bras autour de lui, caressai ses cheveux, son cou, sentis ses muscles jouer dans son dos, ses fesses fermes.

« S'il te plaît, » murmurai-je contre ses lèvres.

Il se leva, posa une main sur ma hanche et me fit rouler à plat ventre. Il embrassa mon épaule, effleura mes cheveux et continua le long de ma colonne.

Il toucha et pelota mes fesses.

« Tu es magnifique, ma chérie. »

Pas à mon avis. J'avais vraiment un gros cul. Et la cellulite ? J'en stockais depuis des années, impossible de m'en débarrasser, même en faisant de l'exercice.

Je dus faire un drôle de bruit, qu'il prit pour un refus.

« Si Oran était là, il te botterait le cul. »

Je tournai la tête pour regarder Alarr. « Il me donnerait la fessée ? »

Alarr flatta mes fesses, puis écarta mes jambes en grand. « Et insérerait un plug anal. En guise de punition. »

Je poussai un cri lorsque le bout de son doigt effleura mon anus vierge.

« Pour le plaisir, » ajouta-t-il.

Je me contractai, les fesses en l'air. « Pour le plaisir ?

— Oui, le mien, te voir bien dilatée, ce serait trop bon. »

Je n'en étais pas certaine mais ma chatte tressaillit. Ou plutôt, se contracta. Sur du vide. Ça me faisait mal. J'étais en manque.

Je gémissais, Alarr n'en dit pas plus, il passa son bras autour de ma taille et me fit asseoir à genoux.

« Ah, ma position préférée. Teig, enlève-lui cette robe. Je veux que notre femme soit nue pendant que je la baise.

— Avec plaisir, répondit Teig, il se déplaça afin d'extirper le couteau rangé dans un fourreau à sa taille. « Ne bouge pas, ma chérie. » D'un geste leste, il lacéra la robe au niveau de ma taille, déchirant le tissu qui tomba sur le lit, avant d'ôter la robe qui tomba au sol.

———

Alarr

Je fixais, subjugué, cette femme qui était la mienne. Le cul en l'air, la tête baissée, Whitney reposait sur ses avant-bras, ses seins gros et lourds aux tétons pointés frôlaient le lit.

Et sa chatte... toute rose et humide, gonflée suite au cunnilingus de Teig. Son vagin me faisait de l'œil... et son anus aussi.

Je la sodomiserai bientôt. J'enfoncerai ma bite bien profond, centimètre par centimètre. Pas maintenant, bientôt. Il fallait la préparer, elle serait tellement absorbée par cette nouvelle sensation qu'on entrerait comme dans du beurre.

Je posai la paume de ma main contre sa chatte. J'en sentis la chaleur et glissai deux doigts à l'intérieur. Ils entrèrent facilement. Elle était si mouillée. Gonflée. Chaude au toucher. Sa magnifique peau sombre contrastait fortement sur ma main pâle. Je regardai ma main glisser sur son cul, dans et hors de sa chatte, comme hypnotisé. Je n'avais jamais rêvé d'une femme aussi parfaite. Si pulpeuse, si douce, si réactive.

Elle était à moi. Ma partenaire idéale. J'étais reconnaissant à Teig et Oran de la protéger, de prendre soin d'elle, la posséder. Elle m'appartenait. Je serais à elle, son roc, son protecteur, son univers. Je serais le pilier de notre famille. Je la baiserais en premier, je posséderais sa chatte avide, son plaisir.

« Tu es à moi, Whitney. A moi. »

J'écartai sa vulve, ma bite pénétra dans sa chaleur humide, centimètre par centimètre. J'ondulai lentement, elle se dilatait à vue d'œil, ma bite disparaissait.

Elle s'agrippa au lit, son petit gémissement de plaisir me faisait perdre la tête. J'étais à deux doigts de jouir. J'étais plus que prêt à la pénétrer, mes couilles étaient pleines, ma queue si dure qu'elle me faisait mal. Mon unique soulagement consisterait à éjaculer au plus profond de sa chatte humide, la remplir de sperme, l'écouter crier.

Je m'immobilisais une fois les couilles bien au chaud, mes cuisses plaquées dans son dos. Putain, elle était super bandante. Son vagin se contractait et se desserrait pour s'habituer à mon sexe. Elle attrapait et lâchait les draps en ondulant contre moi, elle me baisait. Elle se livrait à moi, comme si elle mourrait, si je ne bougeais pas. Son désir contractait tout mon corps, ce besoin viscéral de lui répondre, de lui donner ce qu'elle réclamait, me montait à la tête. Je luttais pour me retenir.

« Tu aimes ça, ma chérie ? » C'était tellement bon que j'allais jouir.

Du sperme s'écoulait de mon gland, enduisait son vagin. J'attendis qu'il fasse effet.

Elle s'arcboutait sur le lit, frottait ses tétons d'avant en arrière sur le lit. Teig se plaça sous elle et prit un sein dans sa main. Il jouait avec son corps pendant que je la baisais lentement, mon sperme enduisait les parois de son vagin. Sa bouche s'entrouvrit, elle rejeta la tête en arrière et gémit. Teig ne perdit pas de temps, il approcha ses lèvres des siennes et dévora sa bouche.

La vague de chaleur de son excitation s'empara de ma queue, de mes cuisses. Elle réagissait déjà à une infime quantité de sperme.

Je commençai à bouger. J'empoignais ses hanches pour l'installer à ma guise, fis le tour de l'entrée de son vagin avec mon pouce, enduisis son anus étroit de ses fluides. Je poursuivis jusqu'à son anus, l'orifice que je sodomiserais bientôt. Je la pénétrerais plus tard, ma bite déflorerait son joli cul durant la cérémonie officielle. Ma mission terminée, je lui ferais découvrir les plaisirs de la sodomie.

Son corps ultra-souple ne résista presque pas à ma pénétration, un moment avant que j'introduise mon pouce à l'intérieur.

« Alarr ! » cria-t-elle. Oh, oui, j'imaginais mon nom sur ses lèvres pendant que ma bite épaisse pilonnerait son cul étroit ...

Teig sourit et la hissa sur sa poitrine en l'attrapant aux épaules, il l'embrassait et jouait avec son corps en même temps. J'observais leur soupe de langues. Je savais que sa chatte se contracterait sur ma queue, m'enserrerait contre un étau quand Teig lui donnerait du plaisir.

J'allais jouir. La patience pouvait bien aller au diable. J'alternais les allers-retours de ma bite et mon pouce, je la pénétrais brutalement, comme j'en avais envie. Teig se pencha sur elle. Je devinai à la seconde près le moment où il trouva son clitoris, les muscles de son vagin se contractaient par vagues, la bouche de Teig avalait ses gémissements.

Elle jouit en beauté, ivre d'un plaisir mutuel. Je jouis à mon tour, balançant tout mon sperme, je la possédai.

Son orgasme dura de longues minutes, son plaisir ne faiblissait pas grâce au sperme imprégnant son organisme. Son orgasme semblait sans fin. Je me retirai, la fis rouler sur le côté pendant qu'elle se contorsionnait et gémissait, Teig la tenait, la plaquait sur le lit, caressait son dos et ses fesses, lui murmurait combien elle était belle.

Dieu merci, je n'étais pas seul à m'occuper d'elle. Je pouvais à peine penser, à peine voir, suite à l'orgasme de folie que je venais d'éprouver. Mes couilles étaient vides, pour l'instant. J'étais tout glissant, mon sperme tapissait son sexe, s'infiltrait en elle grâce à ce nouveau lien entre époux.

Le fameux pouvoir du sperme.

Je m'affalai sur le lit. Teig dut me pousser pour l'allonger sur le dos et s'installer entre ses cuisses. Il la regardait, ses mains de part et d'autre de sa tête. Ses yeux étaient fermés, sa bouche entrouverte, sa respiration saccadée, comme si elle avait couru un kilomètre.

« Tu as encore envie, ma chérie ? » chuchota Teig. Il ne la baiserait pas contre son gré. Le pouvoir du sperme et plusieurs orgasmes étaient peut-être trop. Deux bites, c'était peut-être trop, du moins la première fois. Elle nous comblerait bientôt tous les trois en même temps.

Mais nous y allions mollo. Les organismes des Terriennes n'étaient pas conçus pour répondre à nos liaisons chimiques. Nous ne voulions pas l'épuiser.

« Ça continue. Ça va s'arrêter un jour ?
– Pas avec trois époux, » dit Teig.

Son rire résonna dans le bungalow. Je ne la connaissais pas suffisamment pour déterminer s'il s'agissait d'un rire satisfait ou gêné. Son rire se mua en gémissement alors que je caressais ses épaules, Teig effleurait lentement son ventre, ses cuisses. Nous lui offrions du réconfort, rien de plus, à moins qu'elle...

« Encore, s'il vous plaît. Encore ! » Elle agrippa Teig et l'attira vers elle.

Il rit et l'embrassa.

Il ne s'était pas déshabillé. Il n'allait pas perdre de temps alors que notre femme était en manque. Il ouvrit son pantalon, écarta ses genoux et la pénétra en un seul mouvement.

« Oui ! » Elle enroulait ses cuisses autour de ses hanches, le tenait étroitement.

« Oh, putain, tu es parfaite, » dit Teig. Il se mit à la baiser. Ses cris de plaisir l'excitaient. Je bandais à nouveau.

J'étais heureux, non seulement de constater à quel point elle était incroyable, à quel point le mariage était parfait, mais aussi de constater que ma vie — *nos vies* — étaient désormais irrévocablement changées. Notre nouvelle normalité. Une femme à satisfaire. A protéger et à aimer. Baiser jusqu'à ce qu'on soit tous étourdis de bonheur et comblés. J'avais une maison maintenant. Une vraie famille. Une femme pour construire nos vies. J'avais une raison de continuer à me battre, une raison de vivre, réelle et précieuse.

Whitney.

Mais je réalisais que le moment n'était pas encore parfait en voyant Teig la posséder, la faire jouir et éjaculer. Oran n'était pas là. Il était en mission.

Les cris de Whitney se turent tandis que Teig se tenait immobile, enfoncé jusqu'aux couilles, luttant pour avoir la volonté et la force d'extirper sa bite de son corps de rêve. Je connaissais ce sentiment, l'envie de rester profondément en elle était puissant.

Il leva la tête, nos regards se croisèrent. « Elle est inconsciente, Alarr. On est allés trop loin ? »

Son inquiétude était bien réelle, j'observais notre femme attentivement. Elle avait l'air détendue. Sereine. Sa respiration était régulière, sa peau douce couvert d'un voile de sueur. Son sourire soulagea la douleur qui oppressait ma poitrine. Elle était heureuse. Comblée. « Elle a l'air satisfaite. Nous allons veiller sur elle. Laisse-la dormir. »

Teig grogna et retira sa bite, il se déshabilla et s'allongea contre elle. « Bon sang, Alarr. Son goût rend accro. J'ai encore envie d'elle. » Il passa la main sur sa poitrine, sa taille marquée, ses fesses rondes. Elle était douce et pulpeuse. Féminine. Parfaite.

« Moi aussi, mais elle est humaine. Tu connais les termes du protocole de recrutement. Le pouvoir de notre sperme exerce un effet puissant sur son organisme. Nous devons veiller sur elle, la posséder souvent, mais pas trop d'un coup.

— Même si elle nous supplie ? » gloussa Teig, il s'allongea et l'attira contre son torse. Il passa son bras autour de sa taille, réaffirmant son appartenance.

Son sourire était contagieux. Je réalisai qu'il était aussi heureux que moi. « Nous la protégerons, Teig. Même d'elle-même.

— Que les dieux soient maudits, Alarr, tu me gâches toujours mon plaisir, » se plaignit Teig, mais je savais qu'il plaisantait. Il ne mettrait jamais notre femme en danger, ni Oran.

Je les rejoignis, me rapprochai de notre femme et remontai le drap moelleux pour nous couvrir tous les trois. Elle soupira et se colla contre moi, posa sa jambe sur la mienne et passa son bras autour de ma taille.

« Elle nous reconnaît déjà, même dans son sommeil. » Teig avait l'impression que cela tenait du miracle. C'était peut-être le cas. Son geste me faisait fondre comme jamais. J'enlaçai mes doigts aux siens et posai sa main sur son petit cœur.

« Elle est belle. Elle est parfaite. Nous devons la faire sortir d'ici au plus vite. Nous ne pouvons pas la protéger ici.

— D'accord. » Pour une fois, Teig ne fit aucun commentaire sarcastique.

J'écoutais sa respiration régulière alors que Teig s'endormait à son tour.

Oran était parti à la recherche de plus amples informations à propos des armes que nous avions découvertes voilà quelques heures. Nous avions relayé notre découverte et téléchargé la vidéo au quartier général des

Renseignements. Hélion devrait être content de notre avancée. Bien que nous sachions où les armes étaient entreposées, nous n'avions aucune idée de qui les avait placées là.

Nous avions les armes mais aucun suspect. Pas encore. Ce qui voulait dire que l'un de nous devait être sur la brèche à toute heure de la journée jusqu'à ce que quelqu'un les déniche.

Quant à Whitney, elle dormait et récupérait, nous veillions sur elle. Mais nous ne pouvions pas la posséder en trio, ses trois partenaires à la fois, tant que les trafiquants d'armes ne seraient pas identifiés. Jusqu'à ce que nous ayons terminé notre mission et soyons de retour à bord du Cuirassé Zeus.

Cette pensée confirmait plus que jamais ma détermination de mener cette mission à bien. J'étais prêt à mentir, tricher, voler et soudoyer pour obtenir la vérité. J'étais prêt à tout. Je ferais n'importe quoi pour protéger ma femme. N'importe quoi.

Honneur, loyauté, plus rien n'avait d'importance comparé à Whitney. Plus maintenant. Plus rien n'avait d'importance, hormis la protéger.

5

hitney

Je me réveillai entre des bras costauds passés autour de ma taille et la chaleur de Teig dans mon dos. Sous ma joue, le cœur d'Alarr battait à un rythme lent et régulier plus apaisant que n'importe quelle musique de relaxation. Le son me calmait, mon corps douloureux paraissait plus vivant que jamais.

Nous étions nus, peau contre peau, la chaleur de mes époux m'apportait tout le réconfort psychologique nécessaire, le drap doux qui me recouvrait devenait inutile. Je doutais qu'un chaton endormi, bien au chaud, se sente aussi bien, je souris intérieurement et pris tout mon temps pour m'étirer, savourant chaque instant. C'étaient mes époux. C'était ainsi que je me réveillerais chaque matin du reste de ma vie.

Telle *serait* ma vie désormais.

J'ouvris les yeux, clignai plusieurs fois des paupières et découvris Oran assis sur une chaise à l'autre bout de la pièce, tout habillé, nous regardant avec une lueur de possessivité que je commençais à reconnaître. Je l'avais vu quand Alarr et Teig me regardaient. Je n'avais rencontré Oran que brièvement mais son désir pour moi était flagrant.

« Bonjour, Whitney. »

Sa voix, ce grondement... comment pourrais-je vouloir que cette voix me murmure des choses cochonnes ? Etais-je devenue goulue au point de vouloir — d'avoir besoin — de trois partenaires ? J'étais contente de quitter la Terre pour me marier avec un seul homme, mais maintenant... Alarr, Teig et Oran réunis, trois pour le prix d'un.

« Bonjour. » Je relevai la tête et souris en entendant le grondement de protestation d'Alarr, le bras de Teig se resserra autour de ma taille. Oran se leva, visiblement peu amusé. Jaloux de leur possessivité ? Oran faisait son travail pendant que nous baisions et dormions sans lui. Et maintenant, ils ne voulaient pas me lâcher.

« La reine est ici, elle souhaite rencontrer notre femme, vous êtes tous deux convoqués chez les trois rois, » s'exclama Oran. Sa patience était manifestement à bout. « Bougez-vous. »

Quoi ?

« La reine ? Quelle reine ? » demandai-je, en essayant de me défaire de l'emprise d'Alarr et de Teig. Ils grommelèrent mais se levèrent. Je ne savais pas où regarder, les fesses nues — et musclées — d'Alarr à droite ou Teig à gauche. Ils étaient aussi magnifiques recto que verso.

J'adorais mater leurs fesses mais rencontrer une reine ? Je devais rêvais. Il avait dû se tromper ...

« La Reine Leah, dit Oran en acquiesçant. Les trois rois l'accompagnent. » Il regardait Alarr, qui enfilait un pantalon, et moi. « Elle est arrivée voilà une heure, Whitney. Elle vient de Terre, comme toi. Recrutée et mariée, comme toi. Elle a insisté pour te rencontrer dès qu'elle a eu vent de ton arrivée sur Viken.

– Les trois rois sont là ? » demanda Alarr, le ton de sa voix me fit frissonner de peur. Je ne savais pas pourquoi, mais il me semblait que la conversation cachait quelque chose. Il me faudrait peut-être simplement du temps pour apprendre les nuances de leur communication. La seule façon dont Alarr, Teig et moi avions passé du temps à communiquer depuis mon arrivée ici, se résumait à du langage corporel.

Les bites en érection étaient d'excellents moyens de communication pour comprendre mes mecs. Mais il n'était pas question de sexe. Alarr s'habillait. Le NP que la Gardienne Egara avait injecté avant le transport était génial. Je comprenais tout mais pas les finesses de la communication non verbale. L'argot. Le sens caché de leurs paroles. Peu importe la langue, je n'étais pas une Viken.

« Oui. » Il soutint le regard d'Alarr. « Le Roi Drogan et moi resterons avec nos épouses, les autres demandent à vous voir. »

Teig gémit. « Pourvu que les rois ne connaissent pas Hélion. »

Je les observais, perplexe. L'enfer sur Viken s'appelait Hélion ? Ces rois méchants comptaient y envoyer mes époux ? Si oui, pourquoi ?

Alarr était désormais habillé de pied en cap. Je m'agenouillai sur le lit, le drap me recouvrant. J'écoutais leur conversation du mieux possible. Je devais avoir l'air d'une épave, mes cheveux emmêlés comme une sauvage... Oui, le sperme sec collé à l'intérieur de mes cuisses en était la preuve flagrante.

« Ils le connaissent. » Oran s'approcha, se pencha et fit courir ses doigts le long de ma joue et mes lèvres. « Tu es rayonnante, ma chérie. Je suppose qu'Alarr et Teig se sont occupés de toi cette nuit ? »

Je rougis. Encore une fois. Ce mec me plaisait grave. Il ne connaissait donc pas les règles de la bienséance ? Il me forçait à le regarder droit dans les yeux et parler de mes relations sexuelles avec d'autres hommes ?

« Réponds-moi, ma chérie. As-tu senti le pouvoir de leur sperme ? J'ai entendu dire qu'il était hyper puissant avec un seul partenaire, ce doit être d'une intensité remarquable avec trois.

– Elle s'est évanouie, » lui confia Alarr.

Oh mon Dieu. Je regardai Alarr, lui adressai un regard meurtrier qui le fit sourire.

« Alors, ils t'ont donné du plaisir. » Oran m'observait. « Ou es-tu restée sur ta faim ? As-tu supplié pour qu'ils continuent ? » Je ne le quittais pas des yeux tandis qu'Alarr et Teig attendaient visiblement ma réponse, figés. Doutaient-ils du plaisir qu'ils m'avaient procuré ?

« Je... » Merde. Qu'est-ce que j'étais censée dire ? « Je ne me souviens plus avoir supplié ou pas. »

Oran était debout, impérial, il rit à gorge déployée. « Très bien, alors. Je te promets que tu te souviendras de chaque instant quand je te ferai jouir tout à l'heure. » Son rire s'estompa, Alarr se pencha et déposa un baiser sur ma tête, une vraie caresse, comme si nous nous étions réveillés comme ça mille fois auparavant et qu'il me disait au revoir pour la journée.

Oran regarda Teig, toujours nu, bras croisés sur sa poitrine. Comment les hommes pouvaient-ils mener une conversation la bite à l'air ? Avec la trique en plus, *putain*, Teig bandait grave.

« Tu prends toujours trois plombes pour te préparer, beau gosse. Magne-toi. » Oran claqua des doigts. Putain, il était vachement autoritaire. Mon Dieu, les deux autres étaient du genre dominateurs, mais Oran ? Ma chatte se contracta avec impatience devant ce qui m'attendait, j'allais le *supplier*.

Oh merde. Mes tétons pointaient.

« Les rois attendent. Ils sont venus accompagnés de leur femme pour faire la connaissance de Whitney, ils comptent profiter des installations du club. Ils ne peuvent pas le faire tant que la reine n'aura pas terminé sa tâche.

– Putain, Oran. T'es sérieux, » grommela Teig en se dirigeant vers la salle de bain. J'entendis un bruit d'eau semblable à celui de la douche dans mon appartement. « Les rois ne voudront pas attendre longtemps. »

Attendre longtemps pour quoi ? Il prenait une douche ? Je n'avais même pas eu le temps de visiter la salle de bain. J'espérais qu'ils avaient de l'eau chaude et des savons parfumés. De l'huile pour mes cheveux. Merde. J'ignorais en quoi consistaient mes propres affaires de toilette. Je voulais juste quitter la Terre. Je ne m'étais pas préoccupée de savoir s'ils avaient un Sephora ou un magasin avec un rayon maquillage. Est-ce qu'ils avaient du maquillage ? Les femmes prenaient-elles soin de leurs cheveux, de leur visage ? Est-ce qu'elles s'hydrataient la peau ? Utilisaient des cosmétiques à base d'huiles essentielles ? Faisaient des manucures ? Mettaient du parfum ? Oh, mon Dieu, pourvu que les femmes Viken se rasent. Je m'entretenais, niveau *intimité*, Teig et Alarr s'en étaient visiblement aperçus, Teig de très près. Ils n'avaient pas fait de commentaires, peut-être parce que je venais de Terre et qu'ils me trouvaient différente ?

J'aurais dû y prêter attention hier, voir s'il y avait d'autres femmes, au lieu de me blottir dans les gros bras musclés d'Alarr qui m'avait portée jusqu'ici.

« Je n'ai pas de vêtements. » La phrase avait fusé avant même que je puisse m'en empêcher. « Teig a déchiré la seule robe que j'avais hier soir. »

Oran jeta un œil vers la salle de bain mais garda le silence.

Je n'allais pas rencontrer la reine de leur planète dans une robe chiffonnée en lambeaux ! Combien d'épingles à nourrice seraient nécessaires pour la rafistoler ? La reine saurait évidemment ce que nous avions fait. Une robe lacérée ? Mon Dieu, c'était torride, mais maintenant, en plein jour, devant la femme qui régnait sur cette planète de dingue ? Hyper gênant !

Je n'allais pas sortir de cette maison... quel que soit le nom qu'on lui donne ici, sans prendre une douche.

Hors de question.

Une femme devait avoir une certaine tenue. Je me fichais que cette Reine Leah débarque d'Hollywood ou d'une ferme du Kansas, je n'allais *pas* la rencontrer en puant le sexe à plein nez après une nuit torride, en nage et barbouillée de sperme Viken.

Oran reporta de nouveau son attention sur moi, son

regard plus intense que des rayons laser. « Ne t'inquiète pas, ma chérie. J'ai noté tes mensurations, je t'ai apporté quelque chose d'approprié. » Il s'avança vers la table et prit une robe magnifiquement ouvragée, une étoffe soyeuse et vaporeuse recouverte de dentelle et rehaussée des fleurs au parfum suave que nous avions aperçues hier.

« Tu m'as apporté quelque chose ? » Je m'assis et remontai le drap pour couvrir mes seins nus. Oran était sexy, j'avais été scotchée par mes deux partenaires hier soir, Oran s'était borné à un contact des plus brefs. Il n'avait pas franchi le pas. Être nue devant lui ressemblait à des... préliminaires.

« Nous veillerons toujours sur tes besoins, Whitney. » Il apporta la robe, la posa sur le lit, puis se retourna pour m'embrasser sur la bouche, son baiser était si doux que je le sentis à peine, avant de s'envoler, tel un souffle de chaleur dans une brise fraîche. « Et maintenant prepare-toi afin que je t'emmène faire la connaissance de la reine, avant que j'arrache ce drap et te bouffe centimètre par centimètre. »

La Reine Leah ne correspondait *pas* à mes attentes. Je n'imaginais pas une reine ainsi, bien qu'elle soit rousse comme Alarr. J'imaginais la reine d'Angleterre avec ses cheveux blancs impeccables et son sac à main. Leah n'avait pas vraiment quatre-vingt-dix ans. Ni quarante d'ailleurs. Elle était si belle. C'était peut-être le pouvoir du sperme ? Peu importe, elle était carrément canon.

Je n'étais pas nerveuse ou impressionnée. Je ne

ressentais pas le besoin de faire la révérence. Peut-être parce qu'elle venait de Terre ? Peut-être parce qu'après une seule journée passée à compter sur le NP pour tout traduire, l'entendre parler ma langue - *notre* langue - me réconfortait ? Peut-être parce qu'elle était une femme, bien de chez nous, et que j'étais dans l'espace ?

Quelle que soit la raison, elle me plut instantanément.

Et tout comme moi, elle avait trois partenaires, ce qui faisait de nous des meilleures amies pour la vie. Sauf que ses mecs étaient des jumeaux — non, des triplés. Des triplés strictement identiques.

Seigneur. Comme dans un roman d'amour ou un porno, où une fille bien roulée se faisait faire toutes sortes de trucs coquins par trois mecs identiques, qui éjaculaient leur sperme partout sur son corps, faisait semblant de crier comme si ça la faisait jouir. Elle *jouirait* probablement dans la vraie vie, sur Viken. Ce truc de pouvoir du sperme était complètement dingue.

« Comment faites-vous pour les différencier ? » gloussai-je. Je n'avais pas pu m'en empêcher, j'imaginais les partenaires de la reine dans un porno. Je ne risquais pas d'y arriver.

J'avais trois partenaires, dont l'un me regardait avec des yeux d'un bleu intense de l'autre côté de la pièce, la reine avait permis l'accès à Oran et au roi, seul autorisé à rester pour veiller sur elle. Il s'appelait Drogan, apparemment.

Ces extraterrestres ne plaisantaient pas avec la protection de leurs épouses.

A moins, peut-être que je ne comprenais tout simplement pas les dangers qui existaient ici dans l'espace, dans ce nouveau monde. Ou alors c'était un truc d'extraterrestre. Instinctif.

Quelle que soit la raison, j'aimais la façon dont Oran me regardait. Son regard suivait chacun de mes mouvements, il remarquait tout ce que je faisais, comme lors de mon premier transport, il m'avait vu frissonner, avait ordonné de m'apporter une cape. Je portais la même cape noire, la robe légère couleur crème flottait autour de mes chevilles grâce à l'air frais qui soufflait dans la pièce par les fenêtres. Il ne faisait pas froid sur Viken, mais mes vêtements n'étaient pas si chauds que ça. Les deux robes que j'avais enfilées étaient quelque chose que j'aurais porté sur Terre en juillet quand les températures étaient torrides. L'air ici était légèrement humide, une douce brise soufflait constamment, comme les alizés à Hawaii. Je m'acclimatais parce que j'aimais la robe qu'Oran m'avait apportée, je voulais la porter.

Elle m'allait bien, ma poitrine opulente était rehaussée et bien en vue. La taille était ajustée, presque comme un corset, mais le bas se composait de couches et de couches du tissu le plus doux que j'avais jamais vu. Plus doux que la soie. La couleur crème conférait à ma peau foncée un aspect opalescent. Je me sentais belle. Vraiment belle.

J'ignorais si l'absence de sous-vêtements était une norme culturelle ou si Oran aimait simplement savoir que j'étais nue sous la robe. Il m'avait apporté des savons et de l'huile pour mes cheveux, m'avait attendu patiemment pendant que je me douchais et me préparais dans la salle de bains, appelé la *salle de baignade*.

Il n'avait été avec moi que quelques instants, mais il avait tout remarqué.

Je me sentais en sécurité avec Alarr. Protégée. Je me sentais chez moi. Pas *comme* à New York, mais dans un endroit dont j'avais toujours rêvé. Teig me mettait de bonne humeur, comme si j'avais besoin de me laisser aller, de m'amuser.

Mais Oran et ses yeux bleus glacier ? J'avais l'impression d'être une sirène. Une déesse du sexe coquine, en manque d'affection, qui ne portait pas de culotte. Et il n'avait fait que m'embrasser.

La Reine Leah parlait de sa fille, de sa rencontre avec les trois rois. Chacun d'eux était originaire d'un secteur différent, tout comme mes trois partenaires, leur union avait unifié la planète.

Waouh, sacrée pression, leur mariage avait apporté la paix dans le monde entier.

Elle devait s'occuper de chaque Viken. Je ne pensais qu'à ce qu'Oran me ferait plus tard, à l'issue de la réunion.

Il me regardait comme s'il étudiait le moindre de mes mouvements. C'était intense, tant d'attention m'excitait. Mon Dieu, Oran était sexy.

« Whitney ?

– Hmmm ? » Oran tourna la tête tout en s'adressant au Roi Drogan. Je regardais ses lèvres. Celles d'Oran, pas celles de Drogan. Elles étaient pulpeuses. Quelle sensation ça ferait sur ma—

« Allo Whitney ici la Terre. » La Reine Leah rit à gorge déployée et passa sa main devant mon visage. Je quittai enfin Oran des yeux pour me focaliser sur elle.

« Mon Dieu, je suis sincèrement désolée, Reine Leah. Je ne sais plus où j'en suis. »

Le sourire de Leah se fit compréhensif. « Vous ne savez plus où vous en êtes ? Vous nagez en pleine débauche. »

Je sentis le rouge me monter aux joues, mais ne la contredis pas. Mentir à la reine n'était probablement pas la solution.

« Appelez-moi Leah. Il n'y a que quelques Terriennes ici, on se serre les coudes. »

Bonne nouvelle. Je faisais amie-amie avec la reine de la planète. Et elle avait l'air vraiment, vraiment sympa. « Merci. Ce serait super d'avoir des amies terriennes. »

Elle se pencha vers moi et posa sa main sur mon genou. « Exactement. Et ne vous sentez pas gênée. Vous êtes arrivée hier soir, c'est bien ça ?

– Oui. »

Ses yeux pétillaient, elle esquissa un petit sourire. « Leur sperme est un truc de fou, n'est-ce pas ? Ça m'a complètement chavirée. Je ne contrôlais plus rien. Rien du tout. » Elle se pencha et murmura, « Des semaines durant. »

Elle avait réussi à attirer mon attention. Donc, ce *besoin* de baiser, torride et incontrôlable, s'estomperait ? « Ça va se tasser ?

– Pas complètement, non. Mais ça baisse d'intensité une fois que votre corps s'y est habitué. Quand je suis arrivée, ils ignoraient que le corps humain serait aussi sensible à leur... vous savez quoi. » Elle rougit, sa peau claire prit une jolie teinte rose.

« Oh, oui. Je sais. » Nous échangeâmes un sourire, nous nous comprenions. Je poussai un soupir de soulagement en sachant que je n'allais pas rester accro éternellement. Non pas que désirer mes partenaires soit mal en soi, mais je sentais que je ne maîtrisais plus rien en ce moment.

Je détestais ne rien maîtriser. Je détestais le fait que même loin d'eux, je ne songeais qu'à me faire baiser par Alarr et Teig. Et je n'avais pas encore couché avec Oran. Ni eu droit à son sperme. Comme si j'avais besoin d'être encore plus en manque de sexe que je n'étais déjà.

Et je n'avais pas encore couché avec eux trois. Pas encore.

« Alors, Whitney, je suppose que c'était plus intense que ce à quoi vous vous attendiez. C'est super intense à trois. » Elle devait lire dans mes pensées. Elle se pencha en arrière en soupirant et contempla son compagnon. Le Roi Tor et le Roi Lev étaient dans une autre pièce, en réunion avec Alarr et Teig pour une histoire de garde. Le Roi Drogan et Oran veillaient sur nous. « Mais vous savez ce que c'est désormais, n'est-ce pas ?

– De coucher avec les trois en même temps ? Non. Pas encore. J'ai passé la nuit avec Alarr et Teig. » Je contemplai les cheveux blonds et courts d'Oran, ses épaules larges. *Oran*. Je me demandais quel goût il avait.

« Pardon ? » Je me retournais pour regarder la reine, sous le choc. « Où était votre troisième partenaire ?

– Oran ? » Mon attention oscillait entre la reine et le partenaire dont nous discutions. J'éprouvais un besoin viscéral de prendre sa défense. « Il devait partir en mission.

– Vous êtes en train de me dire qu'Oran est parti *travailler* après votre arrivée ? Ils vous ont bien épousée selon la nouvelle coutume du ménage à trois ? »

Je hochai de nouveau la tête.

Elle s'approcha afin que les hommes n'entendent pas. « Mais ils ne vous ont pas possédée ensemble, tous les trois, comme dans un accouplement officiel ?

– Non. J'ignorais qu'il existait un accouplement officiel. » Je nageais dans le flou le plus total, ma voix haut perchée eut pour effet de faire avancer deux des gardes les plus proches qui nous surveillaient, en plus du Roi Drogan et Oran.

Apparemment, on ne lésinait pas sur la protection quand on avait trois rois pour partenaires. Leah bénéficiait également de son escorte personnelle. Des vigiles armés. Les armes qu'ils portaient au côté ne ressemblaient à rien de connu, leur pistolets laser étaient bien plus grands et menaçants que les petites armes de mes époux. Je fronçais le nez en regardant le garde le plus proche sur le point de dégainer.

« Rangez-moi ça, s'il vous plaît. » La Reine Leah fit un signe de la main au garde, qui recula, son visage arborait une expression toujours aussi renfrognée. Il me dévisageait désormais presque aussi intensément qu'Oran voilà quelques instants. Il jeta un coup d'œil au Roi Drogan, qui fit un signe de tête. Le mec recula sur le champ.

Waouh.

« Vos gardes sont à cran. C'est quoi ces armes ? Y'a de quoi abattre un éléphant. »

Elle soupira et recula, lissa les plis de sa jupe multicolore. La robe était un joli patchwork de noir, brun foncé et gris acier. Je n'étais là que depuis un jour, mais je savais déjà que les trois couleurs représentaient les trois secteurs. Qu'elle arbore les trois couleurs ensemble me donnait à penser que j'avais encore beaucoup à apprendre de la politique de cette planète. Non pas que la combinaison des couleurs soit disgracieuse. Elle dénotait d'une touche artistique indéniable. Mais je n'aurais pas aimé la porter. J'aimais ce tissu couleur crème qui me recouvrait tel de la chantilly.

De la chantilly qu'Oran lècherait dès que la reine et moi aurions terminé...

Bon sang. Je devais reprendre mes esprits. La reine me parlait, je devais me concentrer. Coûte que coûte.

« On a essayé d'attenter à ma vie à plusieurs reprises depuis mon arrivée sur cette planète. La plupart des Vikens n'étaient pas franchement enchantés lorsque mes partenaires ont instauré la paix. Et lorsque notre fille est née ? » Elle fronça les sourcils, non pas de tristesse, mais de fierté, telle une maman ourse protégeant son ourson. « Ils ont essayé de tuer Allayna à plusieurs reprises. Mes époux ont sommé le Prime Nial d'autoriser les gardes de Viken United — notre capitale — de porter les mêmes armes que la Flotte de la Coalition.

– Je suis sincèrement désolée. Votre fille va bien ? » L'idée que des extrémistes ou des rebelles essaient de tuer un nouveau-né me donnait envie d'appeler Oran et le remercier de me veiller sur moi d'aussi près. Ils ne me surprotégeaient pas tant que ça après tout. L'endroit était peut-être dangereux.

Ma chatte palpitait. J'imaginais Oran en train d'affronter une cohorte de méchants, soulever ma robe, me pousser contre le mur et me faire jouir sur sa bite en érection...

Leah esquissa un nouveau geste de la main. « La petite poupée va bien. Je pense qu'elle aime vraiment toutes ces attentions. Tous les gardes de l'île lui obéissent au doigt et à l'œil, sans parler de ses trois pères. Ils accourent tous les trois pour lui faire plaisir à la moindre contrariété. »

Je ne pus pas m'empêcher de sourire en imaginant le topo, reconnaissante de la distraction.

« Elle régnera sur Viken un jour ? »

Leah poursuivit en hochant la tête. « Oui. Elle est la seule véritable héritière destinée à unifier durablement la planète. Elle n'est pas issue d'un seul secteur. C'est la seule sur la planète avec un ADN provenant des *trois* secteurs. N'oubliez pas que mes compagnons sont des triplés identiques. Ils partagent le même ADN. » Le regard de Leah s'assombrit en voyant l'arme massive à la hanche du garde posté près de la porte. « Ces pistolets laser ne sont pas destinés à tuer des éléphants mais à détruire une navette ou un petit vaisseau militaire du premier coup.

– Merde. » Une sacrée puissance de feu contenue dans l'équivalent d'un dé à coudre.

« Exactement. C'est pourquoi l'utilisation de ces armes est illégale sorties du contexte de la Guerre de la Coalition. C'est comme aux États-Unis, lorsque des armes d'assaut tombent entre de mauvaises mains et sont utilisées à mauvais escient. »

Elle n'avait pas besoin de m'expliquer le principe des fusillades de masse sur Terre. Elles n'avaient fait qu'empirer depuis qu'elle avait quitté la planète.

« Mes partenaires se sont montrés très insistants, ils ont reçu l'autorisation spéciale du Prime Nial en personne pour les utiliser afin de nous protéger notre fille et moi. »

Cela donnait à réfléchir. J'avais peut-être besoin de

trois hommes pour me protéger. Viken n'était peut-être pas la planète utopique et pacifique dont je rêvais. Bien sûr, cette station balnéaire - comme les hommes l'avaient appelée - semblait sûre, mais à l'extérieur ?

La reine s'éclaircit la gorge. « Oubliez tout ça et expliquez-moi pourquoi vos trois époux ne vous ont pas possédée ensemble. C'est très inhabituel. » Elle pencha la tête sur le côté, l'inclina bizarrement et chuchota tout bas afin que je sois la seule à l'entendre. « Vous avez refusé cette union ? Ils peuvent se montrer fougueux. Je comprends que trois, ça fasse beaucoup pour une première fois. »

J'aurais ri aux éclats si je ne m'étais pas soudainement demandé pourquoi Oran *avait* préféré travailler la nuit dernière. Il était garde, tout comme Alarr et Teig. Quelqu'un aurait sûrement pu le remplacer hier soir vue l'ampleur du site.

« Non, ça n'a rien à voir.

– Hmmm. » Elle contempla mon mari, le sourcil arqué, intriguée. « Intéressant. Je me demandais pourquoi mes partenaires avaient accédé à ma demande en me laissant venir ici sans poser de question.

– Que voulez-vous dire par à ? »

Son regard passa du roi à moi, elle se pencha en avant et fit signe de m'approcher en bougeant son doigt afin de chuchoter. « Ils essaient toujours de me protéger, mais j'ai mon propre réseau de femmes dans toute la capitale.

– Je ne comprends pas.

– Le trafic d'armes illégales pullule dans des zones qui ne sont pas sous contrôle de la Coalition. Ils ont traqué les contrebandiers jusqu'à Viken. Votre mari travaillait hier soir, ils sont en réunion avec les trois rois, je subodore qu'ils ont réussi à traquer les armes illégales jusque là-bas. Peut-être ici-même. »

Mon sang se figea au fur et à mesure que je comprenais ce que cela impliquait. J'observai Oran, son regard perçant était rivé sur les lèvres du roi. Il n'avait pas l'air de s'amuser, d'être heureux. On aurait dit... un soldat des forces spéciales en mission. Merde. « Vous croyez que mes partenaires essaient de capturer ces trafiquants d'armes ? »

Oran se retourna immédiatement et me regarda alors que je posais la question à Leah, comme s'il avait écouté et était choqué par ce qu'il avait entendu. Entendait-il notre conversation ?

La Reine Leah recula et je fis de même, son langage corporel indiquait clairement que nous étions trop proches depuis trop longtemps. Elle me sourit et lissa sa jupe qui n'en avait pas besoin. « Je ne sais pas, Whitney. Mais soyez prudente. Ceux qui font ça sont très intelligents et très dangereux. J'ai entendu Lev parler avec mes époux tout à l'heure. Ils ont l'air de croire que les ennemis sont déjà sur site. Qu'ils font peut-être même partie de l'équipe de sécurité de cette station. »

« Un travail clandestin ? »

Elle opina du chef. « Peut-être le Commandant, mais ils n'en sont pas encore certains. Un dénommé Clive. »

Merde. « D'accord. Je ferai attention. » Je me forçai à sourire, plus que prête à passer à un autre sujet que celui de mes partenaires qui ne me possédaient pas comme ils auraient dû le faire, ou penser à des trafiquants d'armes en liberté dans ce nouvel éden. Tout cela me mettait mal à l'aise, qu'Oran ait choisi de travailler plutôt que me posséder en bonne et due forme me donnait à penser que je ne correspondais peut-être pas à ses attentes. J'avais du mal à le croire, surtout après ce qu'Alarr, Teig et moi avions fait la veille. Mais après des années à se sentir inférieure, et avoir parlé à la reine ?

Oran voulait-il vraiment de moi ? Le travail était-il une excuse ?

Non. C'était impossible.

Je m'éclaircis la gorge. « Quel âge a Allayna ? »

Le regard de Leah s'éclaira, elle sortit une petite tablette d'une jolie sacoche par terre. « J'ai des photos. Je ne voudrais pas passer pour une mère prétentieuse mais elle est vraiment chou. »

Et comment.

Bingo. Leah oublia le comportement sexuel apparemment inhabituel de mes époux et consacra le reste de notre visite à me parler de sa famille, de l'histoire de Viken et de la folle aventure que ses trois maris lui avaient fait vivre dans les minutes qui avaient suivi son arrivée.

On lui avait bandé les yeux pour qu'elle ne sache pas lequel l'avait touchée.

L'idée me paraissait délicieusement obscène et amusante.

Avec mes trois partenaires. Pas un. Pas deux. Mais trois.

Mes trois époux n'étaient peut-être pas aussi déterminés à fonder une famille que je le supposais. Peut-être qu'ils n'avaient pas envie de se mettre à poil et de me sauter tous ensemble ? Je ne leur avais pas posé la question, je les avais juste pris au mot dans la salle de transport. Que savais-je du mariage Viken ? Et après ? Eh bien, on avait fait autre chose que *discuter*.

Mais le rêve des tests correspondait à ce que la reine avait dit.

Quelque chose clochait. Je réglerais ça aujourd'hui, à commencer par Oran.

Le Roi Drogan et Oran arrivèrent sur ces entrefaites, comme un fait exprès. Nous passâmes quelques minutes à plaisanter avant que le roi ne regarde sa reine en grommelant. Le genre de grommellement que Teig avait fait quand il avait écarté mes cuisses et léché ma chatte pour la première fois.

« Ça suffit ma chérie, dit le Roi Drogan. Il est temps de t'emmener dans certains bungalows et profiter de ce bref répit. Tor et Lev attendent notre arrivée. Ils ont des projets. »

J'avais vu la reine rougir auparavant, là elle était littéralement cramoisie. Impatiente. Elle me sourit en s'excusant. « Nous sommes amies maintenant, Whitney. Venez sur Viken United quand vous voulez. D'accord ?

– Merci. » C'était bon de savoir que j'avais une amie, je la savais sincère.

Le roi me regarda. « Nous vous attendons à bras ouverts, Whitney. N'hésitez pas si vous avez besoin de quoique ce soit. Je préviendrai les gardes du palais et mettrai en place des protocoles afin d'assurer votre protection. Vous bénéficierez d'une assistance et d'une autorisation de transport immédiats sur simple demande.

– Nous pouvons protéger notre femme, Roi Drogan, » répondit Oran, glacial. Il se sentait insulté.

Le Roi Drogan regarda Oran, qui baissa la tête en signe de respect. « Bien sûr. Vous refusez donc mon aide en cas de besoin ? »

Le roi avait piégé mon mari. Je trouvais cela amusant,

refuser l'aide du roi signifiait refuser qu'il assure ma sécurité. « Non, ô mon roi. Je ne voulais pas vous manquer de respect. »

Le roi, visiblement agacé, se tourna vers moi. « Vous êtes l'amie de Leah. Votre présence sur Viken la comble joie. Si elle est heureuse, nous sommes heureux. »

Je supposais qu'il parlait de ses trois partenaires.

« Vous êtes la bienvenue au palais, Whitney, ajouta Leah. Inutile d'appeler avant de passer.

– Merci. »

Le Roi Drogan fit un signe de tête et se tourna vers mon nouvel époux, qui m'adressa un clin d'œil lorsque le roi gronda de nouveau. « Viens ma chérie, avant que je demande à Lev de t'attacher jusqu'à ce que tu nous supplies d'arrêter de te faire jouir. »

Oh la tête. Pas une once de culpabilité ou de repentir. « Avec du cuir, mon roi ? Ou de la soie ? »

Il la prit dans ses bras en riant et sortit de la pièce, suivi de près par les gardes et leurs énormes et effrayants pistolets laser. Ils ne cillèrent même pas devant cette démonstration flagrante d'affection.

« Et maintenant, ma chérie, à mon tour de te donner du plaisir. »

Oran murmura quelques mots à mon oreille, mes tétons durcirent illico sous ma robe. Je savais exactement ce que Leah ressentait. J'étais ô combien consciente de la présence d'Oran à mes côtés au cours des minutes écoulées. Mais le doute persistait en voyant le Roi Drogan amener ma nouvelle amie. Le bruit d'une tape sur les fesses tira une exclamation à Leah.

Le roi ne coucherait pas seul avec sa reine. Les deux autres rois les attendaient, l'empreinte de sa main aura laissé une marque rouge sur ses fesses quand ils la dévêtiront.

Les rois.

S'ils pouvaient se permettre d'arrêter de régner sur une planète entière pour accompagner leur femme sur un autre continent, rencontrer une nouvelle épouse humaine le lendemain de son arrivée, et rester à la base pour des vacances — ce qui signifiait des parties de sexe à trois endiablées — mes partenaires pourraient certainement réussir à prendre une nuit de congé ensemble. Ou pas ?

Oran attendait, son regard n'était pas désintéressé.

De simples gardes devaient peut-être poser leur congé en avance. Peut-être que c'était tout ce qu'il y avait à faire, et je n'avais aucune raison de douter. Peut-être que les rois avaient certains privilèges que les autres combattants de cette planète n'avaient pas. Je ravalais mes doutes et pris la main d'Oran, en route vers ma prochaine aventure.

J'allais *coucher* avec eux trois. Il me fallait juste être patiente et faire confiance à mes nouveaux partenaires. Ils prendraient soin de moi. Ils avaient envie de moi. Leurs bites ne mentaient pas. Mais leurs paroles, leurs actes, ils n'avaient aucune raison de mentir. Ou pas ?

hitney

ORAN M'ESCORTA dans une succession de chemins sinueux bordés de parterres de fleurs. Leur parfum capiteux était beaucoup plus entêtant maintenant que la nuit dernière. Nous prîmes le petit-déjeuner sous les frondaisons d'un magnifique pêcher, des étoffes jaunes soyeuses voletaient et retombaient mollement dans la brise paisible, tels des papillons. L'édifice surplombait un petit étang où des oiseaux semblables à des cygnes bleus voletaient, tels les créatures mystiques d'un autre monde.

C'était romantique. Magique. J'avais l'impression d'être une princesse avec son chevalier servant qui lui faisait la cour, comme dans un conte de fées. L'expérience était surréaliste, loin de notre nuit de baise endiablée et érotique.

Le cadre paisible et les attentions d'Oran m'apaisaient

à un point inimaginable. Un nouveau monde. De nouveaux partenaires. Mon corps, déjanté. J'étais sur des montagnes russes, sans espoir d'en descendre.

Teig et Alarr étaient partis au travail, du moins c'est ce qu'Oran m'avait dit. Alarr nous rejoindrait d'ici quelques heures. Teig ne se montrerait pas avant demain matin. Mes époux étant tous là, je n'avais pas à m'inquiéter de savoir où ils étaient ni avec qui. Là, avec Oran, je pouvais enfin souffler. Une présence forte et protectrice. Je n'avais pas à m'inquiéter, à penser à quoi que ce soit. Si mon verre était vide, il faisait signe au personnel de le remplir de cette eau sucrée. Si je voulais me faire des tartines, il prenait ma main, me demandait ce que je voulais, et le faisait pour moi.

Toutes ces attentions auraient pu être étouffantes, c'est du moins ce que me dictait mon esprit de fille rebelle, style « j'ai besoin de personne ». Mais le fait est que j'adorais ça. J'aimais la façon dont il s'occupait de moi, dont il se *souciait* de moi. Sa façon de tout remarquer, tout ce que je faisais ou disais *comptait* à ses yeux.

Il me rendait accro. L'intensité de son attention était addictive. C'est ce que j'avais ressenti hier soir au lit avec Teig et Alarr. C'était une question de sexe, de domination de mon corps. De plaisir. Vraiment ?

Il s'agissait de moi. Ce que j'aimais. Ce que je pensais. Ce que je voulais. Oran avait placé un étrange disque sur la table quand nous nous étions assis. Je lui avais demandé de quoi il s'agissait. Il m'avait informé qu'il enregistrerait notre conversation afin qu'Alarr et Teig puissent apprendre à me connaître. Bien qu'ils doivent travailler, ils ne voulaient pas manquer un seul moment avec moi et regarderaient l'enregistrement plus tard.

Oran me posa ensuite des centaines de questions. Sur chez moi. Ma vie. Ma famille. Ma scolarité. La Terre. Il voulait tout savoir. Je répondis honnêtement. Je n'avais aucune raison de cacher la vérité. Ce genre de conneries, c'était dans une autre vie. Mon ancienne vie.

J'oubliai en l'espace de quelques minutes la présence de l'enregistreur et plongeai avec ravissement dans le regard d'un dieu aux yeux bleus glacier, dans le regard d'un prédateur patient et expérimenté. Plus il me fixait, plus la tension montait. Une douleur s'empara de tout mon corps, je me mis à me tortiller. Ma chatte pulsait. Mes mamelons durcissaient. Pendant que nous parlions, le... *phénomène* alla en augmentant jusqu'à devenir insupportable.

Je voulais m'enfuir... qu'il me rattrape. Qu'il m'embrasse. Qu'il me touche. Qu'il me pénètre... oh mon Dieu.

Il me sourit, ma main dans la sienne, son pouce effleurait mon pouls qui accélérait au creux de mon poignet. « Le pouvoir du sperme en action, Whitney.

– Oui. » Pourquoi mentir ? J'avais envie de l'allonger sur cette table et le chevaucher comme une cowgirl du Texas. Mieux encore, il pourrait me prendre par terre et...

Il se leva. « Viens. Je vais m'occuper de ton cas.

– Je croyais que tu t'occupais déjà de moi. » Il s'occupait de moi depuis au moins deux bonnes heures. Peut-être trois, si je comptais le temps passé avec la reine.

« J'étais égoïste, ma chérie. J'ai appris à te connaître. » Il rangea l'enregistreur dans sa poche et me tendit sa main, que j'acceptai. Le simple fait de le toucher me tira un gémissement. Il m'attira de côté, nos bras entrecroisés, et me ramena sur le chemin que nous avions parcouru, loin de l'étang, des oiseaux bleus et du paradis. Je sentais sa chaleur à travers nos vêtements, j'avais envie de le caresser, qu'il s'arrête, de lui sauter dessus.

« Tu es loin d'être égoïste. Mais ce pouvoir du sperme... *me* rend égoïste. »

Il porta nos mains entrelacées à sa bouche et me fit un m'embrassa la main, la douceur de son contact me donna un frisson, mes mamelons pointaient. Je poussai un gémissement. J'avais le diable au corps, la température allait crescendo de minute en minute. J'avais besoin de sexe. De sexe pur et dur, endiablé, de sueur.

« Apprendre à te connaître et satisfaire tes envies, pas les miennes. Ton corps a besoin d'être choyée, ma femme. Le pouvoir du sperme ne faiblira pas, c'est moi qui suis égoïste de bouder ton plaisir, juste pour te parler. Nous aurons tous les trois des années pour t'enseigner tout ça. Parler n'est pas ce dont tu as besoin pour le moment. »

Ok. Je n'en n'étais pas si sûre. J'appréciais cette discussion. Mais il avait raison sur un point, mon corps était prêt. Je n'en pouvais plus, je risquais de sombrer dans la débauche si je ne parvenais pas rapidement à mes fins.

Quelques minutes plus tard, il ouvrit la porte d'une petite hutte, dans lequel je pénétrai. La pièce était ombragée, des rais de lumière filtraient par des jalousies. La plupart de l'éclairage provenait de lanternes contenant des bougies. Des parfums d'huiles exotiques, semblables à de l'huile d'amande douce, me firent momentanément penser à un spa ou une salle de massage.

Puis, j'entendis de petits cris de plaisir provenant de derrière un rideau. Une voix féminine, qui s'amusait bien visiblement.

Elle gémit de nouveau, j'entendis le doux grondement de plusieurs voix masculines.

Un cri guttural s'ensuivit. Qui qu'elle soit, elle s'amusait bien.

Je mourrais d'envie de faire de même.

« Par ici, ma chérie. » Oran me conduisit de l'autre côté du bâtiment, dans une zone dissimulée que je n'avais pas vue en entrant. Des branches d'arbres tressées formaient les murs, comme dans une hutte sur une île tropicale. Un rideau semblable à celui derrière lequel j'avais entendu les cris d'une femme était suspendu sur une tringle dans un coin, attendant d'être tiré pour fermer la pièce.

Tout le monde m'entendrait dans la hutte si Oran me faisait crier. Je sus que c'était exactement ce qu'il comptait faire lorsqu'il retira le haut de son uniforme, exposant ses muscles sculptés. Il était la définition même de viril et hyper sexy.

J'en avais envie. Je voulais qu'il me fasse crier pour que tous au club sachent qu'il me donnait du plaisir.

Maintenant. *Tout de suite.*

Il se déshabilla lentement. J'avais envie de lui arracher ses vêtements. Son comportement changea alors qu'il retirait peu à peu son uniforme, comme s'il devenait quelqu'un d'autre.

Il s'arrêta, se planta devant moi dans son pantalon noir. Sa poitrine, ses bras et ses pieds étaient nus. J'arrêtai de respirer lorsqu'il tira le rideau et se tourna vers moi. Son regard n'était pas glacial, pas vraiment, mais pas non plus chaleureux. Il était désormais maître de la situation, chaque muscle de son corps, ses yeux brillants, tout en lui exigeait que je me soumette désormais à son autorité.

Oui, s'il te plaît.

« Oran, » je l'implorais.

Oui, je le suppliais, il était si beau, si viril. J'avais envie de lui.

« Ne bouge pas, Whitney, ne bouge pas avant que je t'en donne la permission. »

Je ne répondis pas. Il ne s'attendait apparemment pas à ce que je réponde quoi que ce soit puisqu'il s'approcha et défit la bretelle retenant ma robe sur mon épaule. Ses lèvres s'attardèrent sur ma peau tandis qu'il se tenait derrière moi. La bretelle se détacha pour révéler un sein, sa main se posa sur ma peau sans que j'aie le temps de dire ouf. Il caressait mon corps comme s'il me connaissait par cœur. Je lui appartenais. J'étais sa propriété.

Sans un mot, il répéta son geste sur l'autre épaule, embrassant mon cou cette fois-ci, laissant mon sein nu à l'air libre. Ses doigts tiraient sur mon mamelon pendant que son baiser descendait le long de ma colonne, vers le centre de mon dos. Je frissonnai sous la caresse, sa chaleur. Ses doigts se déplaçaient sur mon dos et mon épaule comme s'il découvrait une sculpture de maître, avant de tirer sur un dernier ruban que j'avais aperçu dans le miroir plus tôt, un grand pan de soie de chatoyante drapé entre mes omoplates.

La robe était belle, féminine. J'adorais sentir l'étoffe soyeuse glisser sur ma peau sensible. *Juste* la robe. Les culottes n'étaient pas légion sur cette planète. Je n'avais pas remarqué si les autres femmes portaient de soutien-gorge, je ne m'en étais pas vraiment préoccupée.

Je ne savais pas que le cadeau était un piège, que la robe serait utilisée afin de me séduire ultérieurement. Juste trois bretelles, une poignée de baisers, et le tissu soyeux glissa de mon corps comme de la soie liquide pour se répandre à mes pieds. J'étais nue, le dos contre le torse nu d'Oran, tandis que sa main libre glissait le long de ma cuisse, pour remonter sur mes fesses et se poser à ma taille. Sa caresse ne faiblissait pas, il répéta l'opération comme s'il ne pouvait pas s'arrêter. Il ne pouvait s'empêcher de me toucher.

Je me contorsionnai, essayai de faire en sorte qu'il me touche partout. Plus précisément ma chatte et mon clitoris. J'allais jouir illico s'il me touchait là. Mais je sentais que ce ne serait pas suffisant. J'avais besoin de sa queue, de son sperme. Mon Dieu, ce sperme était comme une drogue, en plus addictif.

J'en crevais d'envie.

J'aimais l'idée qu'il trouve mon cul accueillant et mes cuisses douces irrésistibles. Je me trompais peut-être puisqu'il avait travaillé hier soir au lieu de passer la nuit avec moi, mais j'avais opté pour la seconde option. Irrésistible. Totalement. C'était tout moi.

« Tu avais tout prévu. » Ces douces paroles étaient à la fois une accusation et un plaidoyer.

Il me tourna deux fois autour, me regarda à sa guise avec un sourire de satisfaction toute masculine. « Bien sûr. »

Et moi qui me promenais dans cette robe qu'il m'avait donnée, sans réaliser que j'étais à deux doigts de me retrouver nue.

« Mais ce n'est pas tout. »

Autre frisson.

« Non ? » je le taquinai. C'était plus fort que moi. C'était amusant, ma chatte me tourmentait, j'avais hâte de voir la suite.

« Non. » Il tendit les mains, paumes vers le haut. « Tu

me fais confiance, Whitney ? Si oui, je te promets que tu éprouveras un plaisir extrême. »

J'allais m'évanouir, mon cœur battait à tout rompre. « Oui.

– Si à un moment quelconque, tu souhaites que j'arrête, si tu te sens dépassée ou si tu veux que je ralentisse, dis simplement le mot de sécurité et je m'arrêterai immédiatement.

– Quel mot ? » Il y avait donc un mot de sécurité. J'en avais entendu parler. Je me sentais mieux. Je me souvenais de ce que Teig avait dit, qu'Oran était du Secteur Deux, qu'il m'attacherait à un lit et me ferait jouir jusqu'à ce que je demande grâce. Qu'il me donnerait la fessée et me pincerait les tétons. J'aurais peut-être besoin d'un mot de passe.

« Dis-moi, ma chérie. Quel mot ne crierais-tu jamais, en pleine partie de jambes en l'air ? »

Cela me fit sourire. J'essayai de penser à quelque chose de *pas sexy du tout* en étant nue devant un extraterrestre hyper sexy torse nu, avec une érection si costaud qu'elle perçait presque son pantalon d'uniforme. *Réfléchis Whitney. Réfléchis.*

« Noix de coco.

– Quoi ? » Il avait l'air perplexe mais avança, me fit reculer vers la drôle de table que j'avais aperçue en entrant. Une sorte de table de massage, mais plus grande, plus capitonnée, pourvue de parties mobiles.

« Noix de coco. C'est un fruit. Enfin je crois. Ou une noix ? Peu importe. Ça pousse sur Terre. Je déteste ça. Je déteste l'odeur. Je déteste la texture. Le goût. Mon père et mon frère aimaient tout ce qui était à base de noix de coco, de la glace aux piña coladas. Beurk. » Je ne voulais pas entendre parler. Bonbons. Huile de friture. Lotion et shampoing. Je dégueulais illico si je devais me tartiner avec cette horreur.

Il n'en avait jamais entendu parler, une autre chose que j'étais bien contente de laisser à des années-lumière sur Terre.

« Va pour noix de coco. » Il me tendait toujours les mains lorsque mes fesses rencontrèrent la table. Je m'arrêtai brusquement. « Je vais te donner du plaisir, Whitney. Je suis originaire du Secteur Deux, dominer ma partenaire est l'un de mes meilleurs atouts. »

Oh merde. Teig ne plaisantait pas. « Ok. »

Il inclina la tête. « Oui ? »

Je pris une profonde inspiration et plaçai mes mains dans les siennes. J'aurais vraiment souhaité qu'Alarr soit présent. Je n'avais aucune idée de la raison pour laquelle cette pensée me traversa l'esprit, mais quelque chose chez cet homme —cet extraterrestre— me rassurait. Je savais qu'Oran ne me ferait aucun mal, mais je n'étais pas moi-même. Il allait me pousser à bout. Alarr n'était pas là, juste Oran. Et son immense torse nu. Son pantalon foncé et sa bite proéminente. Il me regardait d'un air glacial, maîtrisant complètement la situation. « Oui. »

Noix de coco. Noix de coco. Noix de coco. Je scandais mentalement le mot afin de ne pas l'oublier tandis qu'il posait ses mains autour de ma taille et me soulevait pour m'installer sur le bord de la table, comme si je pesais une plume. Ce qui était une plaisanterie. J'avais un gros cul et de gros seins, ce qui me convenait parfaitement au passage.

« Tu es à moi désormais, ma chérie. » Il se pencha

sous la table et sortit un bandeau de je ne sais où. Il le tendit et le fit pendre entre nous. « Puis-je ? »

L'histoire de la Reine Leah, tringlée par ses trois partenaires les yeux bandés me revint en mémoire, j'acquiesçais avant qu'il ait terminé de poser sa question. Bon sang, oui.

Le monde s'obscurcit, jusqu'à ce que je ne sente plus que la table capitonnée sous mes fesses, ses doigts nouant le tissu derrière ma tête.

La surface de la table ressemblait à du lin garni de duvet d'oie. Le parfum masculin d'Oran m'emplissait de désir. Je savais que le pouvoir du sperme rôdait tel un requin affamé, prêt à dévorer sa proie.

Il termina de nouer le bandeau et me fit doucement asseoir sur la table afin que je m'allonge sur le dos, les paumes de ses mains glissèrent le long de mes bras jusqu'à mes poignets, qu'il releva au-dessus de ma tête. Je poussai un cri tandis que quelque chose de chaud et très solide s'enroulaient autour de mes poignets, me clouant à la table. J'étais attachée, telle une offrande païenne aux dieux.

Sauf que le dieu ici, c'était *lui*.

De l'autre côté de la cabane, j'entendais l'autre femme sangloter. Oui, elle pleurait, suppliait qu'on la libère. Le bruit courait sur ma peau comme un courant électrique, je savais que mes mamelons foncés pointaient, que ma chatte se contractait. Oran chuchota à mon oreille.

« Tu aimes ce que tu entends, ma chérie ?

– Où sommes-nous ? demandai-je, en me contorsionnant.

– Dans la cabane des plaisirs. Hormis les bungalows privatifs, on trouve des huttes spécialisées dans tous les facettes des désirs sensuels. Dans celle-ci, en particulier, on attache sa partenaire, murmura-t-il. J'aime te voir comme ça. Pieds et poings liés, à ma merci.

– Je croyais qu'Alarr aimait baiser en public, dis-je en me léchant les lèvres.

– Personne ne peut te voir, ni voir à quel point tu es belle. Mais t'entendre ? Je suis persuadé que de nombreux vacanciers vous ont entendu hier soir avec Alarr et Teig, même si vous étiez dans des bungalows privés. »

Je ne savais pas si c'était vrai, mais j'avais crié, et plus d'une fois.

La femme poussa un nouveau cri.

« Bientôt, toi aussi, tu supplieras, » assura-t-il.

Sa bouche se referma autour de mon mamelon. Il me suçait de bon cœur, sans relâche, et posa sa main sur ma gorge nue. Il n'y avait aucune pression, aucune hâte, aucune menace. Mais il savait que j'étais complètement à sa merci, sous sa domination. Il pouvait faire de moi ce qu'il voulait, c'était dangereux et très, très excitant.

Il se déplaça pour prodiguer ses attentions à mon autre sein tandis que sa main descendait, écartant les lèvres de ma vulve, faisait le tour de mon clitoris, sans me doigter.

Depuis quand j'aimais les préliminaires ? C'était de la torture.

« Oh mon Dieu, vas-y. Je t'en prie. » Voilà que je le suppliais.

« Tu as envie de quoi, ma chérie ? »

Je me contorsionnai de mon mieux, frustrée par sa torture évidente. J'avais envie de sperme, il me faisait languir, me poussait à le supplier. Il voulait que je lui dise ce dont j'avais envie, j'allais le lui dire. Ma timidité s'était envolée, je l'avais laissée sur une petite planète bleue loin, très loin.

« Baise-moi. Enfonce tes doigts. Fais ce que tu veux. » Je murmurais des phrases que je n'aurais jamais osé dire à un homme sur Terre, sauf qu'on n'était pas sur Terre, je n'étais pas Whitney Mason, fille d'un courtier de Wall Street. J'étais Whitney, la femme de trois Vikens. Une déesse du sexe hors pair, dans la hutte très spéciale d'une station balnéaire dédiée au plaisir. Au sexe. Beaucoup, beaucoup de sexe.

J'avais une sacrée chance que mes époux travaillent ici, non ? On pourrait rester ici pour toujours. Vivre ici. Nous rendre dans ces maisons des plaisirs à notre guide. Mais il *devait* faire quelque chose, sinon j'en mourrais.

« Ce que je veux. » Il me tétait plus avidement, sa main plongea plus bas, passa de ma chatte à l'entrée étroite de mon...

« Ahh ! » Je me tortillai lorsqu'il recula et enfonça son doigt dans ma chatte juste assez pour mouiller son doigt épais. J'ondulais suffisamment pour qu'il glisse l'extrémité de son doigt dans mon anus.

Je sentais le souffle de sa respiration. « Alarr n'est pas avec nous en ce moment mais il te possèdera par cet orifice. » Le bout de son doigt entrait et sortait lentement de mon cul. « Il te sodomisera bien profond avec sa bite pendant que je bourrerai ta chatte avec ma queue. Teig prendra ta bouche. » Tout en parlant, il enfonça son pouce à l'intérieur de mon vagin humide et écarta ma chatte douloureuse vers mes fesses, me forçant à me dilater.

Mon vagin se contractait sur son doigt, ma chatte se

refermait sur... du vide. Il s'était retiré, ne parlait plus, ses lèvres se mouvaient sur mes seins comme un affamé. Il me suçait. Me léchait. M'explorait.

Il se colla contre mon flanc, s'attardant au niveau de ma hanche et ma cuisse, se déplaçait lentement du haut de ma cuisse vers l'intérieur, écartait ma jambe en descendant tout du long.

Jusqu'à ce que quelque chose de chaud et épais s'accroche autour de ma cheville.

Putain de merde.

« Tu m'appartiens, ma femme. C'est moi qui commande. Tu souhaites recouvrer ta liberté ? Tu n'as qu'un mot à dire. »

La liberté ? Il glissa à nouveau son doigt dans mon cul, et le ressortit. Il me taquinait. Mes poignets étaient liés, mes jambes aussi maintenant ? J'allais nager dans une piscine de chatte mouillée s'il ne se dépêchait pas.

« Non. » Continue. C'est ce que je pensais, mais je ne pouvais pas le lui dire. Il prit mon autre cheville et l'attacha avec une autre sangle.

« Je vais écarter tes cuisses, mon amour. Je veux voir cette belle chatte mouillée. Tu ne peux rien me cacher. » Tout en parlant, il tira mes chevilles vers le haut et de côté, replia mes genoux qui se retrouvèrent au niveau de mes épaules. Je m'arcboutai, soulevai mes hanches vers le plafond, la chatte béante, bien en vue. Je n'avais pas besoin de voir pour savoir que j'étais exposée comme jamais. Jamais. Je ne pouvais pas bouger, ni refermer mes cuisses, je ne pouvais pas me contorsionner, me tourner ou serrer les fesses. J'étais à sa merci.

L'air frais apaisait ma peau échauffée, je l'entendis à nouveau bouger brièvement avant que quelque chose de froid ne se referme sur mon mamelon. Il plaça une sorte de pince autour du premier, puis l'autre. C'était froid. Dur. Ça faisait mal... puis la douleur cessa.

Je haletais, me contorsionnais tandis que la douleur mordante se muait en chaleur, comme si du courant reliait mes tétons directement à mon clitoris.

« Je n'ai pas terminé, ma chérie. Tu es belle comme ça. Tellement belle. » Ses paroles m'apaisaient. Je réussis à ne pas sursauter en sentant quelque chose de froid et humide glisser autour de mon anus vierge. « Je dois te préparer pour Alarr, ma belle. Il t'a dit qu'il te sodomiserait, n'est-ce pas ? »

Je hochai la tête, seule partie de mon corps que je pouvais encore bouger.

« Je vais enfoncer ça dans ton cul, ensuite je te baiserai jusqu'à ce que tu demandes grâce. »

Je haletais tandis qu'il enfonçait lentement et sans s'arrêter un plug long et froid dans mon cul. Il me dilatait plus en largeur et en profondeur que son doigt. Je n'avais encore jamais testé, je n'avais jamais été attachée, yeux bandés, sur le point de baiser un extraterrestre rencontré il y a moins d'un jour.

Je n'avais jamais supplié personne avant mon arrivée sur cette planète. Alarr et Teig y avaient remédié.

Le plug froid distendait mon anus pendant qu'Oran me branlait. Aller. Retour. Lentement. Je haletais, son geste provoquait des picotements qui se propageaient. Je poussai un soupir lorsqu'ils se muèrent en plaisir torride. Il l'enfonçait plus profondément. Me bourrait le cul. Me baisait lentement. J'avais le souffle court devant pareille intrusion. Je respirais malgré une montée lente et constante de la température. J'agitais la tête en tous sens devant ses caresses interdites, il me faisait des choses extrêmement cochonnes. Je me laissais aller.

Libre. Je ne contrôlais plus rien. Je ne pouvais pas l'en empêcher, sauf si je voulais tout arrêter. Ce qui n'était pas le cas. Je voulais surfer la vague jusqu'au bout. Crier. Sentir son sperme sur ma peau. En moi. J'en crevais d'envie. Je voulais le sentir rugir, qu'il me baise comme un dément, brutalement. Sauvagement. Je voulais qu'il se lâche puisqu'il me trouvait si belle, qu'il ne pouvait pas s'en empêcher. Je voulais qu'il craque et qu'il perde son sang-froid. Je voulais exercer ce pouvoir.

Il retira les pinces de mes tétons tout chauds, une fois bien pleine, bourrée, le léger picotement et le petit 'pop' de son exploration passés. Non, ce n'était pas le terme exact. Ils étaient en feu. Un feu doux et chaud.

« Oran ! » criai-je. Je voulais sentir sa bouche sur eux pour apaiser la brûlure, l'afflux sanguin dans mes tétons dressés.

Je le sentais entre mes jambes. Il referma sa bouche sur mon clitoris. Je me cambrai sur la table, ce qui le fit rire. « Je ne suis peut-être pas aussi doué que Teig, mais je ne m'avoue pas vaincu, j'apprivoiserai ta chatte. »

Il branlait ma chatte avec sa bouche et ses doigts, tout en jouant avec le plug. Il me sodomisait avec. Non. Il s'amusait. Il ne l'enfonçait jamais de plus d'un pouce. Dedans, dehors, il réveillait des terminaisons nerveuses dont j'ignorais l'existence, me suçait comme une machine. Brutal. Rapide. Lent. Doux. Sa patience était agaçante. Le temps s'écoulait. Des minutes ? Des heures ? Je n'en avais aucune idée, j'étais en nage, haletante.

Il enduisit mon clitoris de sperme. C'était forcément ça. Je sentais à chaque fois cette petite humidité, mon corps picotait, brûlait. Le pouvoir du sperme. Une vraie drogue. Je faisais une overdose.

Je mourais de plaisir.

Il avait dû dégrafer son pantalon. Je l'imaginais, grand et viril entre mes jambes entravées, sa bite épaisse et longue, son sperme qui coulait de son gland. Rien qu'à moi. *A cause* de moi.

Il allait avoir ma peau. Je ferai un peu de cardio la prochaine fois. Beaucoup de cardio...

« Oh ! » sa queue s'enfonça profondément. D'un coup d'un seul. Je hurlai. Mon corps convulsait sur sa bite, ma chatte l'enserrait comme dans un étau, ondulait, palpitait sans relâche.

Je jouissais. Encore. *Et encore.*

Des mains vigoureuses s'emparèrent de mes hanches et me rapprochèrent afin que sa bite me pilonne plus profondément. Brutalement. J'avais l'impression que le plug dans mon cul était deux fois plus gros avec sa bite longue et dure. Énorme.

J'étais pleine. Trop pleine. Pas assez pleine. Je voulais sentir Alarr derrière moi pendant qu'Oran me sodomiserait. Je voulais sentir la bite d'Alarr dans mon cul, pas ce stupide morceau de métal — ou quoi que ce soit d'autre. C'était bon mais l'idée de sentir la bite d'Alarr dans mon anus vierge pendant qu'Oran me baiserait ?

Je m'arcboutais sur la table tandis que la vision prenait forme dans mon esprit. Je ne pouvais pas m'empêcher de penser à les posséder tous les deux pendant qu'Oran me baisait, continuait de me baiser, effectuait des allers retours comme une machine pendant que le gros plug anal me dilatait. En grand. La semence d'Oran tapissait mon vagin, son fameux sperme me chauffait comme une casserole sur le feu, je montais en température, au risque de brûler.

Le désir montait crescendo. Je savais au fond de moi que c'était dû à son sperme, et pas de mon fait. Je savais bien que ce n'était pas normal, que ce désir impétueux et tumultueux de le voir jouir sur moi, me donner son sperme, me bourrer, l'étaler sur ma peau, me posséder...

Trop. C'était trop.

Mes larmes coulaient derrière mon bandeau, j'avais le mot — le mot de passe —sur le bout de la langue. C'était trop intense, trop fort. Trop—

Une main chaude se posa sur mon épaule. Alarr chuchota à mon oreille. « Lâche-toi ma chérie. Je suis là.

– Tu es en retard. » Oran me pénétrait à fond. Profondément. Je gémis, les caresses d'Alarr cumulées avec cette baise pure et dure me donnait presque envie de jouir. *Encore.*

Alarr. Mon corps se détendit, en proie à un plaisir jamais éprouvé auparavant. « Oui, Alarr. Je t'en supplie.

– J'ai été retenu par le Roi Lev. » Ses mains effleuraient mes seins sensibles, caressaient mon ventre, remontaient jusqu'à ma gorge avant de recommencer.

Oran grogna, visiblement mécontent. « Ça ne faisait pas partie du plan.

– Quel plan ? » Je léchais mes lèvres sèches. Ce simple fait me laissait perplexe derrière mon bandeau, toute envie de débauche s'évanouit.

Alarr se pencha sur moi, sa bouche dévora la mienne dans un baiser qui annihila toutes mes pensées. « Elle réfléchit, Oran. Tu te relâches, elle s'adonne moins au plaisir. » Il s'adressait à Oran mais chuchota à mon oreille « Je veux sentir ta bouche sur ma bite, ma belle. »

Le bout de son doigt tapotait ma lèvre inférieure.

La vision se matérialisa. Je faisais une fellation à Alarr tandis qu'Oran possédait ma chatte. Le plug me bourrait le cul pendant qu'ils m'enduisaient tous deux de sperme. Le pouvoir de leur sperme envahissait mon corps, me faisant perdre encore plus la tête. Je m'étais évanouie hier soir avec Alarr et Teig. Cela se reproduirait sans aucun doute.

« Oui. »

Oran se remit à me baiser, me pilonner, me donner des coups de boutoir alors que la bite chaude d'Alarr se posait sur mes lèvres.

Je tournai la tête sans hésiter, l'engloutis à fond, le suçais ardemment. Je savais ce que je voulais. Mes époux. Leur sperme. Partout sur moi. En moi. Sur ma peau. Sur mes lèvres.

Oran toucha délicatement mon clitoris. Je partis comme une fusée, sans réfléchir. Je me lâchais. Je savais que je faisais du bruit. Je me fichais de savoir qu'une pauvre femme innocente entre dans la hutte en ce moment avec ses maris.

Mes cris étaient étouffés par sa grosse bite. Alarr me donnait l'eau à la bouche, j'avais hâte de sentir le goût de son sperme. Il éjaculerait bientôt.

Mon orgasme déclencha celui d'Oran et d'Alarr, leur sperme m'inonda comme un raz-de-marée. Comme une drogue. Comme une explosion de soleil et de whisky dans mes veines, je criais encore plus fort malgré la bite d'Alarr. Je faisais de mon mieux pour avaler toute son sperme, mon corps s'arcboutait sur la table tandis qu'Oran immobilisait mes hanches et me pénétrait profondément. Tellement profond.

Leur sperme magique m'envahissait, me remplissait. Je fondais littéralement. Ma chatte dégoulinait. Mon corps se contorsionnait de plaisir. Je les possédais tous les deux. Le sperme d'Oran était différent des autres, j'avais aussi envie de lui. J'avais besoin de lui. Ses caresses. Son plaisir.

Il était à moi. Ils étaient à moi. C'était fou comme je sentais la différence. Si je pensais à tout ça... je ne pouvais pas. Je succombais au plaisir.

Je redescendis du petit nuage sur lequel j'étais depuis mon arrivée, plus déterminée que jamais à les posséder comme la Reine Leah l'avait mentionné. Tous les trois. Ensemble. Ils ne pourraient pas me refuser ce qui m'était dû. Ils m'appartenaient. Tous les trois.

Oran et Alarr se retirèrent et s'attelèrent tous deux à me libérer de mes entraves. Les deux hommes déposaient de doux baisers sur ma peau sensible ce faisant. Je clignai des yeux lorsqu'ils retirèrent le bandeau. Oran m'apporta ma robe qu'il enfila par-dessus ma tête. Il attacha ma bretelle tandis qu'Alarr s'occupait de l'autre, tout en palpant mes seins et en m'embrassant dans le cou.

J'étais au paradis. Il n'y avait pas d'autre explication possible pour ce genre de plaisir. Et si c'était l'enfer ? Eh bien, que je sois maudite, je ne comptais pas en partir.

Alarr m'installa sur ses genoux tandis qu'Oran s'habillait, puis il me ramena à notre bungalow ou cabane privative, quel que soit le nom qu'on lui donnait.

Chez moi. C'était chez moi désormais.

Oran se déshabilla à nouveau et se dirigea vers la douche pendant qu'Alarr commandait à manger et à boire. Il écouta l'enregistrement avec moi sur ses genoux, posa des questions au fur et à mesure pour obtenir des précisions.

Oran sortit de la salle de bain et mit sa chemise — celle qu'il portait tout à l'heure — sur mes épaules, son parfum collait au tissu. Je respirai profondément, ma chatte se contracta à son souvenir. « Ne m'oublie pas pendant mon absence. »

Comme si je pouvais l'oublier.

Il partait ? Je fronçai les sourcils. « Tu vas où ?

– J'ai rendez-vous avec le Roi Drogan ce soir.

– Oh. » J'avais imaginé prendre une douche rapide, enfiler... rien... et faire en sorte que mes trois maris me possèdent officiellement ce soir. Ce que nous avions fait jusqu'à présent était super, mais je n'avais pas couché avec eux *trois*.

J'étais lassée d'attendre. Patienter n'était pas mon truc. Je savais ce que je voulais. S'ils commençaient à m'énerver, je prendrais les devants.

« Tu reviens quand ? » Je levais les yeux vers Alarr, le rouge me montait aux joues. « Je voulais rester avec vous trois ce soir. »

Alarr détourna les yeux et regarda Oran par-dessus mon épaule. La communication non verbale allait bon train, le genre de message qui contractèrent les cuisses d'Alarr sous moi, son pouls accéléra. Pas énormément, un peu tout de même. Je l'avais remarqué parce que mon oreille était collée contre sa poitrine, j'avais l'impression d'être un chaton tout content depuis une demi-heure grâce à son rythme apaisant.

Alarr s'éclaircit la gorge. « Nous devons rencontrer le roi tous les trois. Moi aussi. Je suis désolé. Je sais que le pouvoir du sperme fera bientôt son ouvrage, mais notre séjour dans la cabane des plaisirs devrait te combler jusqu'à notre retour. Tu as de quoi boire et manger, il y a un écran de communication sur le mur dans la pièce. Je te montrerai comment t'en servir avant de partir.

– Où allez-vous ? Je croyais que le roi était avec les deux autres et leur femme ? Et Teig ? » J'aurais tout de même droit à un de mes hommes ce soir ? Je n'étais ici que depuis hier. Ils allaient me laisser seule toute la nuit ? Ça ne me plaisait *pas* du tout.

« Teig est en patrouille. Je suis désolé, Whitney. » Alarr se pencha et m'embrassa sur la tempe. « Nous devons travailler ce soir. On s'occupera de toi demain. Tu as ma parole.

– Demain ? » J'étais stupéfaite. « Promis ? J'ai envie de toi. De vous trois. »

Oran se pencha et m'embrassa sur la bouche. « Oui, ma chérie. Nous te donnerons ce dont tu as besoin. Je te le promets. »

Avais-je le choix ?

Ils me laissaient seule. Je pris un bon bain — après avoir essayé de trouver comment allumer le robinet — et enfilai la chemise d'Oran en guise de pyjama. Je ne voulais pas regarder leur écran de communication —une télévision extraterrestre en fait — à poil. Et j'aimais sentir son odeur sur moi.

Je m'installai en tailleurs et sentis un petit disque dans la poche d'Oran.

Je le sortis en souriant. Il ressemblait à celui utilisé pour enregistrer notre conversation. Je me souvenais à peine de la plupart des choses dont nous avions parlé, je l'écouterai plus tard. *Ce* disque était nouveau pour moi, et pour eux. Je me demandais ce qu'il contenait. J'imaginais tous les événements que les humains aimaient enregistrer... mariages, événements sportifs, remises de diplômes, fêtes d'anniversaire.

Je souris, le posai sur la table et l'examinai. Il était exactement comme l'autre, moitié plus petit.

Discret. Et facile à perdre. Je n'aurais jamais retrouvé ce fichu truc au fin fond de mon sac à main, raison pour laquelle il était probablement resté enfoui et oublié dans les profondeurs de la poche d'Oran.

J'appuyai sur le bouton qui le mettait en marche, comme Alarr l'avait fait avec le plus gros disque sur la table. J'avais hâte d'avoir un aperçu de leur vie, de leur *vraie* vie.

Sauf qu'il ne s'agissait pas d'une fête d'anniversaire ou d'un évènement agréable. Mais de mes époux. Teig, Oran, et Alarr. Ils parlaient à quelqu'un que je ne connaissais pas, qui avait l'air méchant. Il avait des cicatrices et était moche. Pas son visage, mais ses yeux. Je connaissais ce regard. J'avais vu assez de gangsters et trafiquants de drogue pour reconnaître ce regard.

Mauvaise plan. J'avais l'impression d'avoir reçu un coup de poignard en plein cœur. Non, mes époux faisaient du trafic d'armes de la Coalition avec cet horrible extraterrestre. Pour de l'argent. Un marché.

C'était quoi ce bordel ?

C'était quoi ce disque ? Que faisait-il dans la poche d'Oran ? Il avait fait cet enregistrement, comme pour moi ? Quelqu'un d'autre l'avait fait, il l'avait trouvé ? Quelqu'un essayait de faire chanter mes maris ? Oran était là-bas la nuit dernière ? Pour récupérer ce disque ? Il avait tué celui l'ayant enregistré ?

Je retournai le disque et l'inspectai de mon mieux, les

mains tremblantes. Je ne décelai pas de sang séché, mais ça ne voulait rien dire. La reine Leah m'avait dit qu'ils traquaient des armes illégales sur Viken. *Jusqu'ici*. Peut-être même dans *cette station balnéaire*.

Avaient-ils suivi mes époux ? M'étais-je jetée dans la gueule du loup ? Sur Terre, j'avais laissé derrière moi les menteurs et les voleurs qui aimaient enfreindre la loi. J'avais vécu avec eux toute ma vie.

Putain j'aurais pu vivre comme ça jusqu'à la fin de ma vie. Je n'étais *pas* une mauvaise personne. Pourquoi moi ? J'avais un problème ? J'avais un problème psychologique, le chic pour attirer les mauvais garçons ?

Autant me marier avec un banquier de Wall Street ou une ordure de baron de la drogue sur Terre si c'était pour en arriver là. Un vrai connard, mais ici, sur Viken, j'en avais *trois*. Sauf que j'étais dans l'espace et ne pouvais pas rentrer chez moi. Il était trop tard. Je ne pouvais *pas* faire machine arrière.

Mais il n'était pas trop tard pour rectifier cette erreur.

Je me souvenais des regards étranges que mes camarades avaient échangé quand ils parlaient de patrouille. Ou de travail. Ou de rencontres avec les trois rois.

J'avais cru qu'il me manquait une sorte de signal tacite, j'avais eu le nez creux. Sauf qu'il ne s'agissait pas du genre de signal auquel je pensais naïvement. Non, le disque que j'avais en main était la preuve que mes partenaires étaient du mauvais côté de la loi.

Ils m'avaient piégée, me gardaient... sous l'emprise de leur fameux sperme, pour que je sois trop comblée pour découvrir la vérité ? Ils étaient comme mon père et mon frère, ils cachaient leurs vrais penchants. De l'extérieur, ma famille humaine avait l'air respectable. En cherchant un peu, la vérité éclatait au grand jour, ils étaient désormais affublés de combinaisons orange et dormaient derrière des barreaux, des *voyous*.

Et mes époux ? Merde. Ce n'étaient pas des vigiles du club de vacances... mais des trafiquants d'armes. Les trafiquants d'armes dont Leah m'avait parlé. *Mes époux* étaient les criminels que les trois rois traquaient.

Et des menteurs.

Des putains de menteurs.

Je devais savoir la vérité. Le disque avait révélé beaucoup. Sur Terre, je faisais l'autruche, j'enfonçais la tête dans le sable, je refusais de voir la vérité en face. J'avais entendu toute l'histoire, les reportages, vu la police. On m'avait posé des questions sur ma vie privée pour savoir si j'avais connaissance des agissements de mon père et mon frère. Pourtant, je doutais toujours des flics, du FBI. J'avais été dans le déni total parce que je ne voulais pas reconnaître la vérité.

Pourquoi ceux que j'aimais étaient tous des *bandits* ? Comment pouvaient-ils n'avoir aucune empathie, aucun sentiment pour les autres ? Comment pouvaient-ils encore se regarder en face ? Pourquoi étais-je tombée dans une famille de criminels sans cœur, qui dépouillaient les gens ?

Il m'avait fallu un certain temps pour admettre la réalité. La vérité, c'est que les gens mentaient. Que les gens auxquels je tenais — en espérant que ce soit réciproque — mentaient. Ils étaient faux, indifférents au malheur des autres. Ils se servaient de moi, *m'utilisaient*. Mon père m'avait très souvent, trop souvent, prise pour un pion, une couverture. J'avais pleuré des jours durant lorsque le FBI avait débarqué avec une liste de noms. Je venais de réaliser que mon père s'était servi de mes copains d'école pour accéder aux biens de leurs familles. Chaque fête d'anniversaire, la moindre occasion avait eu pour but d'inciter mes amis à inviter leurs parents afin que mon père et mon frère les plument un peu plus.

J'étais très populaire à l'école. Toujours agréable. Souriante même quand je n'en avais pas envie. Je jouais hyper bien la comédie, même si le cœur n'y était pas. C'est ce que ma mère m'avait enseigné. Elle avait lourdement insisté. Sa fille ne devait pas passer pour une faible femme. Pour mes dix-huit ans, j'avais eu la grippe, je m'étais ruée dans ma chambre pour vomir tripes et boyaux. Elle m'avait regardé d'un sale air, donné de quoi faire un bain de bouche et demandé de rappliquer à la fête pour que ma famille, que je ne connaissais même pas, puisse escroquer les invités.

Je croyais cette époque révolue. Je croyais que j'avais enfin des amis —des partenaires—qui se souciaient de moi. *Moi*. Pas de la famille Mason, de l'argent, ou m'utiliser pour attirer mes riches amis et les pousser à investir dans des entreprises fictives.

On m'avait trompée.

Plus jamais ça.

Les preuves étaient flagrantes. Même à des années-lumière, toujours le même putain de modus operandi.

Mensonges. Secrets. Y'en avait toujours un d'occupé. Alarr, Oran, et Teig étaient attentifs. Protecteurs. Attentionnés. Généreux. Mais cela ne voulait pas dire pour autant qu'ils étaient gentils. Ni qu'ils se souciaient de moi. Ils me cachaient quelque chose. Ils n'avaient pas besoin d'être amoureux de moi pour bander. Ils avaient couché avec moi pour asseoir leur domination. Littéralement. Je n'avais pas eu droit à un accouplement officiel comme celui dont Leah m'avait parlé. Pas étonnant qu'ils aient inventé des excuses pour ne pas me tringler ensemble. De la baise. Du plaisir pour eux, une distraction pour moi.

Et le disque, les images qu'il recelait... je devais connaître la vérité. Je voulais qu'ils me le disent en face. Je voulais leur entendre dire, les voir de mes propres yeux.

Je ne comptais pas faire l'autruche cette fois-ci. Comme l'avait dit la gardienne Egara, j'avais trente jours. Je soupirai de soulagement. Si Alarr, Oran et Teig étaient aussi corrompus que je le croyais, il fallait que je le sache. Avec certitude. Tout de suite. Je me fichais que mes cheveux soient en bataille. Je me fichais d'être sans sous-vêtements. Je me fichais de ne porter que la chemise d'Oran pour tout vêtement. Ok, je ne m'en fichais pas tant que ça, ça me rappelait seulement leur cruauté.

Mon père et mon frère m'avaient bien eue. Mais ils ne m'avaient pas *baisée* au point que j'accepte de me faire baiser.

Ce qu'Alarr, Oran et Teig avaient fait... faisaient, était pire. Bien pire. Le disque dans ma main était comme un coup de poignard en plein cœur. J'avais du mal à respirer.

J'étais oppressée. Trop étourdie de douleur pour aller de l'avant. J'avançais comme un automate, un marionnettiste diabolique tirait les ficelles sans réfléchir, à l'aveuglette. Cela n'avait pas d'importance. J'étais forte. Je saurais faire face.

Je quittai le bungalow la tête haute, un petit sourire aux lèvres. Mon père était fortiche pour savoir comment planquer des trucs illégaux sans se faire pincer. Quand j'aurais découvert la vérité, j'irais dans l'un des terminaux de transport, direction Viken United, chez la Reine Leah, et lui remettrais le disque. Il fallait que je sorte d'ici avant que mes époux ne découvrent que j'étais au courant

Je ralentis, le sourire sur mon visage était si forcé qu'il me faisait mal aux joues, mais je tins bon. Pour tous, je n'étais rien qu'une femme comblée en balade. Arborer un air sournois et se cacher derrière des buissons ne pourrait qu'attirer l'attention.

Je traversai la place principale où se trouvaient les différentes cabanes de baise — oui, là où les femmes allaient se faire mettre à leur guise — et débouchai sur l'espace restauration. Je passai devant des cuisines ouvertes jusqu'à une zone plus fonctionnelle et moins élaborée. Je n'avais aucune idée de l'endroit où j'allais. Ils ne trafiquaient pas d'armes dans la zone réservée aux invités. Pas dans les zones les plus fréquentées. Mais plutôt à l'abri des regards indiscrets.

Le personnel travaillait encore, bien que la soirée soit largement avancée. Les casseroles et les poêles s'entrechoquaient. L'odeur de la délicieuse nourriture apportée par mes maris embaumait.

Je n'avais plus aucun appétit. J'avais la nausée sachant la vérité qui m'attendait. J'avais le ventre noué.

Les lumières du sentier avaient disparu, mais le chemin continuait. Je le suivis alors qu'il serpentait dans une épaisse forêt. Ici, la végétation n'était pas entretenue mais luxuriante, une vraie jungle.

J'entendis des voix devant moi. Je ralentis, quittai le sentier et me dirigeai vers la forêt Viken, dans l'espoir que les grosses feuilles constituent une cachette suffisante. Je connaissais les machines S-Gen mais n'étais pas encore assez habile pour les faire fonctionner. Comment commander un pantalon noir, un col roulé et une casquette taille XL ?

Je repérai un bâtiment de transport devant à gauche. Je l'avais repéré dès mon arrivée.

Mon Dieu, c'était hier seulement ? J'avais l'impression d'être ici depuis une semaine, ça avait été la folie depuis mon arrivée.

J'entendais des voix devant moi. Des voix masculines. Merde. Je ne voulais pas me faire choper. Ils appelleraient sûrement un de mes maris pour venir me chercher. Je ne savais pas à qui faire confiance et de qui me méfier. Combien de membres de l'équipe de sécurité étaient impliqués dans le trafic d'armes ? La moitié ? Plus ? Personne ne pouvait mener une telle opération seul. Il devait y avoir plusieurs niveaux de commandement, comme un gang ou un baron de la drogue.

Je pénétrai plus avant dans l'épaisse végétation. Je me déplaçais lentement, à pas de loup, sans un bruit, vive ma peau mate et la chemise noire d'Oran. J'étais une ombre. Invisible. Je m'approchai. Assez près pour reconnaître une voix. Oran. « Il y en a assez pour détruire tous les vaisseaux auxiliaires d'un cuirassé. »

Je me plaquai contre un gros tronc d'arbre et jetai un

coup d'œil alentour. Il était devant une grande caisse, le couvercle ôté. La caisse ressemblait à celle que j'avais vue sur les images du disque. Il tenait dans sa main une arme comme celle du service de sécurité de la reine. Elle avait parlé de gardes supplémentaires dont elle avait besoin pour se protéger de ceux qui n'aimaient pas la famille royale, mais la menace qui pesait sur elle provenait de Vikens mécontents, en lien avec des problèmes inhérents à Viken.

Oran parlait de la Flotte de la Coalition. J'avais lu que leurs forces militaires étaient organisées en bataillons dirigés par différents commandants Prillons. J'étais là à cause de la Coalition. Ils recrutaient également des soldats de toutes les planètes membres pour leur Programme des épouses interstellaires. Ensemble, ils combattaient la Ruche. Les guerriers de ces bataillons protégeaient la Terre et les autres planètes.

C'est peut-être la voix d'Oran que j'entendais, mais il n'était pas seul. Teig et Alarr étaient avec lui. Ils étaient tous les trois ici. Ils travaillaient ensemble. Ce qui était logique. Ils ne pouvaient pas partager une femme et garder leur trafic d'armes secret. Ils étaient tous au courant, alors quand l'un d'eux s'excusait de ne pas avoir le temps de coucher avec leur femme...

Ma gorge se serra, les larmes me montaient aux yeux, mais je refusais de pleurer ou d'essuyer ses larmes qui brûlaient mes joues d'un revers de main. Qu'elles me brûlent. Qu'elles me brûlent et me rappelle pourquoi j'avais dû me rendre jusqu'au terminal de transport pour leur tomber dessus. C'étaient les méchants dans l'histoire. Bons au lit, mais ça s'arrêtait là. Je ne les connaissais que depuis un jour. Je les oublierais bien vite. Il le *fallait*.

J'étais forte. Plus forte que leurs mensonges. Leurs foutus mensonges.

« Et il ne s'agit que d'une seule cargaison. Vingt caisses. Les gros canons sont derrière, » dit Teig en se dirigeant vers la deuxième caisse.

J'en voyais d'autres. Il prit une arme dans le tas et la regarda. « Merde. C'est plus que ce que nous avions prévu, Alarr. Comment on va les transporter ?

– Nous trouverons un moyen. On va les envoyer, elles serviront immédiatement. » La voix d'Alarr était grave et assurée, comme s'il savait exactement comment les armes seraient utilisées. Il le savait probablement.

« Personne ne s'en doute. Personne ne se doutera que les armes proviennent d'un club de vacances sur Viken. La couverture idéale. » Oran. Cette voix austère et autoritaire. Tous les trois mouillés jusqu'au cou.

« Elles embarqueront sur le navire au matin, des centaines de combattants de la Coalition seront morts les jours prochains. » Entendre la voix séduisante de Teig évoquer la mort de centaines de soldats était... la cerise sur le gâteau. La preuve-même.

J'avais froid, les mains moites. Ces types étaient des voyous. Tous les trois, de vrais *voyous*. A côté, mon père et mon frère passaient pour des scouts. Mason père et fils volaient les économies et l'argent des gens mais ils n'avaient jamais tué personne. Mon père était trop lâche pour ça.

Alarr, Teig et Oran étaient des meurtriers. Ces armes qu'ils détenaient, qu'ils prévoyaient d'envoyer quelque part, allaient tuer des innocents. Des individus qui s'étaient portés volontaires pour se battre et protéger la Terre. Protéger toutes les planètes.

Je reculai, m'appuyai sur le tronc d'arbre rugueux et fermai les yeux. Ils étaient diaboliques et m'avaient caressée. Intimement. Ils avaient utilisé mon corps, mon plaisir, comme une arme, m'apprivoisant, me dominant aveuglément pour que je vive à leurs côtés sans le savoir. J'étais leur couverture, leur alibi.

Une femme bien baisée et comblée n'épouserait pas trois traîtres Vikens ? C'était impossible.

Et pourtant. Ils m'avaient menti. Avec leurs belles paroles. Leurs actes. Pas étonnant qu'ils ne m'aient jamais baisée ensemble. Ils ne voulaient pas me posséder comme dans un vrai couple. Je n'étais qu'une couverture pour eux.

J'avais le cœur gros, ils s'étaient servi de moi sans pitié. Mon sexe ma faisait mal en songeant à ce qu'ils m'avaient fait. Et ce pouvoir du sperme. Mon Dieu, c'était comme une drogue, ils avaient tout manigancé pour que je n'en ai pas conscience. J'étais foutue.

Tout ce qu'ils m'avaient dit. Leurs paroles osées. Leurs caresses douces et charnelles. La première fois, Teig m'avait fait un cunnilingus. Alarr avait titillé mon anus. Oran m'avait attachée, je l'avais supplié, il m'avait baisé avec un plug dans le cul. Alarr était revenu, ses caresses étaient apaisantes. Je me sentais en sécurité tandis je lui faisais une fellation et avalais son sperme comme une affamée. Mon Dieu, je l'avais dévoré, ça me donnait envie de vomir.

Mon Dieu, je l'avais supplié !

Des larmes coulaient sur mes joues en les écoutant. Je retins mon souffle en entendant Teig prononcer mon nom.

« Hélion avait raison. Whitney était la couverture

idéale. C'est grâce à elle que nous avons pu pénétrer dans certains secteurs du club. La baiser était la meilleure des couvertures. »

Teig le joueur. C'est du moins ce que je pensais.

« Ses cris de plaisir étaient l'alibi parfait. » Alarr soupira comme s'il regrettait le temps passé avec moi. « Maintenant, il va falloir lui raconter une excuse valable pour qu'elle ne se rebelle pas quand on la possédera sur Viken. »

Je n'étais qu'un alibi ? Je frottai mes cuisses l'une contre l'autre en me rappelant comment ils m'avaient fait haleter, crier. Mon Dieu, j'avais hurlé, c'était tellement bon de se laisser aller, de faire confiance.

Tout le monde avait dû m'entendre ici. Aucune femme ne se masturbait, ne criait et jouissait seule. Pas ici.

« Oui. Dépêchons-nous de la rejoindre. Notre super sperme la rend plus docile. Je suis sûr qu'elle est en manque... encore plus. » Oran parlait calmement, je les entendais ranger les armes dans les caisses et remettre les couvercles. « La laisser seule aussi longtemps est dangereux.

– C'était nécessaire, » ajouta Alarr d'un ton impérieux. C'était lui le chef, sa parole faisait loi, les deux autres acquiescèrent sur le champ. D'après le test, j'étais compatible avec lui.

« Exact.

– La faire jouir dans la hutte aujourd'hui pendant que je partais en reconnaissance était une super idée. Le plan a fonctionné. Je ne vois pas pourquoi vous êtes fâchés. » Je suffoquais devant le je-m'en-foutisme de Teig, comme si j'inhalais du soufre.

Alarr et Oran m'avaient baisée, m'avaient fait supplier et crier, tout cela n'était qu'un plan savamment orchestré.

J'en avais suffisamment entendu. Je plongeai prudemment parmi la végétation et m'enfuis. Je ne pouvais pas les rejoindre. Pas maintenant. Jamais. Peu importe que leur sperme de merde me fasse mal ou que je les désire. Mon Dieu, l'idée qu'ils s'approchent de moi me donnait la gerbe.

Ils avaient menti. J'avais traversé la galaxie pour me retrouver avec trois menteurs ? Qui m'avaient bernée ? Des meurtriers ?

Le test s'était planté. Mon Dieu, pourquoi étais-je compatible avec ces traîtres ? Il fallait qu'ils sachent que je ne tolèrerais pas qu'on se foute de ma gueule. Pourtant, on m'avait bernée Dieu sait combien de fois sur Terre.

Peut-être que le test le savait, j'étais peut-être destinée à n'avoir que des relations foireuses.

Je retrouvai le chemin, essuyai mes joues et relevai la tête. Je distinguai les lumières du sentier plus loin, mais ce n'était pas là que j'allais.

Avec mon père et mon frère, j'y avais été obligée. Je n'avais pas choisi qu'ils me mentent. On m'avait menti, oui, mais je l'ignorais. Je savais ce que ces mecs faisaient maintenant. Je n'avais pas le choix. Ils devaient payer.

Je pris le disque dans la poche de la chemise d'Oran et demeurai dans l'ombre jusqu'à ce que les trois hommes — je ne pouvais plus les considérer comme mes époux, plus maintenant — les trois Vikens s'éloignent en direction de leurs quartiers privés. Lorsqu'ils arriveraient d'ici quelques minutes, je serais partie.

Je piquai un sprint jusqu'au terminal de transport dès qu'ils eurent disparu. Les portes coulissèrent sans bruit.

Un technicien leva les yeux, visiblement surpris. Un individu en uniforme aux nombreuses décorations se tenait à côté de lui. Son uniforme et sa barbe étaient gris acier. Je ne comprenais pas ce que signifiaient les différents types d'uniformes. Alarr, Oran et Teig avaient tous des tenues de couleurs différentes, pas les mêmes que celles de ce type. On aurait dit un haut responsable. Dieu merci.

« Je dois me rendre sur Viken United immédiatement. » Je pris une grande inspiration, puis une seconde pour me calmer.

L'officier plus âgé s'éloigna du technicien et me regarda de la tête aux pieds, il vit mon visage en pleurs et ma poitrine qui se soulevait de manière saccadée. Je ne me tenais peut-être pas aussi bien que j'aurais dû mais ma mère n'était pas là pour me faire honte. Je redressai la tête et le dévisageais.

« Tout va bien, madame ? Où sont vos époux ?

– Ils sont—peu importe. Je m'appelle Whitney Mason. Je viens de Terre. Le Roi Drogan m'a dit avoir laissé des instructions de transport à mon sujet, que je pouvais me rendre sur Viken United quand je le souhaitais. »

Il haussa un sourcil mais garda le silence, se tourna vers le technicien perplexe qui avait du mal à garder son calme. « Vérifiez le système pour une habilitation royale au nom de Whitney Mason de Terre. »

J'inspirai profondément tandis que les doigts du jeune homme voletaient sur les écrans devant lui, avant d'acquiescer. « Elle a raison, monsieur. Envoi automatique. Autorisation de transport complète. »

L'homme plus âgé se retourna et me regarda. « Très intéressant.

– Je peux y aller ? S'il vous plaît ? Je dois partir immédiatement.

– Bien sûr. » L'officier prit ma main et me conduisit sur la plate-forme, comme s'il avait peur que je tombe en montant. Il n'y avait que deux marches, mais il avait peut-être raison. Mes genoux tremblaient tellement que je tenais à peine debout. L'adrénaline et le pouvoir du sperme se mêlaient, j'avais envie de m'arracher la peau. J'avais besoin de mes hommes. Ces salauds. J'avais besoin d'eux.

« Merci. »

Il me gratifia d'un sourire acide. « Vous êtes bien la femme d'Alarr, Oran et Teig ? »

Merde. Qu'est-ce que je devais dire ? Oui ? Non ? « Excusez-moi ? Je dois partir immédiatement. » Je serrais toujours le disque dans mon poing qu'il ne quittait pas des yeux, j'aurais dû le laisser dans ma poche.

« Donnez-le-moi, ma chère. » Il avait une vision laser ou quoi ?

J'essayai de reculer mais il tenait bon. « Quoi ? Non. »

Il ne souriait plus, il tordit mon poignet, paume vers le haut, et faillit me luxer l'épaule. Je criai de douleur tandis que le disque atterrit sur la plate-forme. Il me jeta au sol, se pencha pour ramasser le disque et appuya sur play. La scène avec Oran, Teig et Alarr se déroulait devant nos yeux. On voyait distinctement les armes.

« C'est ce que je cherchais. » Il me contemplait, je lui adressai un regard noir. « Vous êtes leur femme.

– Non. Je refuse cette union. »

Il éclata d'un rire cruel. Mais qu'est-ce qui clochait sur cette planète ? La gardienne Egara aurait de sérieuses explications à me donner.

Je me retournai et regardai le technicien aux commandes. « S'il vous plaît. Transportez-moi sur Viken United. »

Il secoua la tête, et bien que son regard ne fût pas aussi dur que celui de son supérieur, je n'y décelai aucune trace de sympathie. « Impossible. »

Je fronçais les sourcils. « Quoi ? Pourquoi ? Vous avez les ordres du roi en personne.

– Enfermez-la, dit le plus âgé. Vous savez où l'emmener. » Sur ce, l'officier empocha le disque, le jeune technicien s'approcha de moi avec un petit pistolet en main.

Que se passait-il bordel ?

« M'enfermer ? Pourquoi ? Je n'ai rien fait. C'est à cause de mes époux. Je viens d'arriver. »

C'était comme un flash-back sur Terre, lorsque la police m'avait cru au courant des malversations de ma famille.

Le technicien me mit en joue avec son pistolet. Je compris qu'il s'agissait d'une sorte de pistolet paralysant, Je demeurais figée sur place. Ce n'était pas comme un Taser qui m'aurait laissée sous le choc — heureusement, parce que ça avait l'air très douloureux. Je me serais probablement pissée dessus si on m'avait donné un coup avec — mais je ne pouvais plus bouger. Je ne pouvais rien faire hormis le voir s'approcher, sentir ses mains calleuses me soulever du sol. Puis, plus rien.

8

ran

« Où est-elle ? » Notre maison provisoire était vide, aucun signe de Whitney. J'avais la sale impression que chose clochait depuis que nous étions partis à la planque d'armes, afin de fourrer des balises de repérage dans chacune des caisses. Elles fonctionnaient sur une fréquence spécifique, très faible, que seuls les Renseignements pouvaient identifier.

Putain de merde, cette partie de la mission était désormais terminée. Les Renseignements pourraient suivre la livraison des caisses d'armes dans l'espace — et les balises qui allaient avec... et éliminer les criminels et les tueurs qui les achetaient.

Nous devions encore terminer cette putain de mission. Nous savions où les armes étaient détenues, mais pas par qui. Nous ignorions qui se pointerait lors de la livraison.

Celui qui se pointerait pour les charger et les vendre était le problème d'Hélion, pas le nôtre. Mais nous devions être présents. Nous devions découvrir qui dirigeait cette opération sur le terrain. Quel membre de la planète Viken était un traître. Il serait arrêté.

Nous avions trouvé la cache d'armes, mais les caisses et les armes étaient trop nombreuses et le temps manquait pour installer toutes les balises. Nous n'avions pas d'autre choix que de quitter Whitney un moment ou perdre cette occasion d'achever notre travail. Nous devions nous dépêcher de terminer. Je crevais de trouille et d'inquiétude pour notre femme depuis que nous l'avions laissée seule. J'avais refoulé ce pressentiment, fait mon devoir et résisté à l'envie de retourner auprès d'elle, la protéger, m'assurer qu'elle était en sécurité. J'avais fait mon putain de travail pour les Renseignements au lieu de m'occuper de ma femme, et maintenant elle était partie.

Teig, égal à lui-même, essayait de faire en sorte que nous gardions notre calme. « Elle a probablement eu faim et sera partie se restaurer.

– Non. » Le froncement de sourcils d'Alarr me renvoyait à mes propres sentiments, il tournait entre ses mains la robe couleur crème que nous lui avions enlevée auparavant, elle gisait toujours froissée sur le sol, abandonnée. « Quelque chose ne va pas. »

Où était-elle ? Que portait-elle ? Nous n'avions pas pris le temps de lui apprendre à utiliser la machine S-Gen, sa seule option était... « Par tous les dieux, c'est ma faute. »

Teig et Alarr se tournèrent vers moi. « Comment ça ? »

demanda Alarr.

Je passai ma main dans mes cheveux courts. J'aurais bien voulu qu'ils soient plus longs pour me les arracher. Putain quel abruti. « Elle a mis ma chemise. »

Alarr me jeta un regard noir. « Notre femme se balade avec ta chemise pour tout vêtement ? »

Je poussai un grognement. C'était une très mauvaise idée, mais ce que j'étais sur le point de dire à Alarr et Teig les rendrait plus mécontents encore. « Mon disque des Renseignements se trouvait dans la poche. »

Alarr tourna la tête et contempla la table sur laquelle le disque qu'il avait regardé avec notre femme était tranquillement posé il y a encore peu. « Non.

– Quoi ? Dites-moi ce qui se passe à la fin. » Teig commençait à perdre son sang-froid et faire les cent pas.

J'aurais bien aimé le faire mariner pour une fois mais je n'avais pas envie de plaisanter alors qu'il s'agissait de notre femme. « Le disque dans la poche de ma chemise contenait l'enregistrement de notre rencontre avec les voyous de l'autre soir. » Nous avions enregistré cette rencontre, espérant que les sous-fifres nous mèneraient jusqu'à leur chef. Mais ils avaient été beaucoup plus habiles que nous l'imaginions, et nous n'avions pas encore découvert qui était le cerveau du réseau de contrebande. Hélion soupçonnait le Commandant Clive, mais Alarr refusait de s'en prendre à lui sans preuve. Clive était un Viken. Un combattant respecté en temps de guerre. Nous ne pouvions pas nous permettre de le soupçonner sans preuves tangibles. J'avais enregistré la rencontre avec les sbires et envoyé les informations à Hélion, mais le disque ? Merde. Il était dans ma poche, dans la chemise que j'avais passée à Whitney.

Alarr pestait.

« T'es con ou quoi ? Pourquoi la lui avoir donné ? » demanda Teig.

C'était la question la plus importante. Je n'allais pas admettre que j'avais oublié le disque parce que notre femme m'avait complètement envoûtée plus tôt dans la journée. La voir succomber dans la hutte m'avait rendu fou de désir, m'avait procuré plus d'émotions que je n'en avais ressenti depuis des années. Être près d'elle me poussait à me focaliser sur elle, à l'exclusion de tout le reste.

Je ne voulais pas qu'elle découvre l'enregistrement, ce disque n'était qu'une petite partie de la preuve que nous avions donnée à Hélion afin qu'il puisse traquer la racaille restante, notre mission première de repérage de la cargaison terminée. J'avais été distrait par ses jambes lisses et fuselées, son corps chaud et humide. Elle avait choisi un extraterrestre pour assurer sa sécurité, je l'avais possédée avant même l'arrivée d'Alarr. J'étais aux anges. Distrait. Et j'avais tout gâché.

« Qu'ai-je fait ? Si elle l'a vue, elle doit *nous* prendre pour des trafiquants d'armes. »

Le visage de Teig passa de la contrariété à l'horreur.

« Elle ne doit plus savoir quoi penser ? demanda Alarr. Nous l'avons protégée. On ne lui a rien dit. Elle ne sait même pas qu'il y a un problème sur Viken. »

Je poussai un soupir, sachant qu'en ce moment, notre compagne souffrait, que sa souffrance était due à mon imprudence. Je jetai un œil au plancher de bois vernis. « Elle est au courant.

– Comment ? demanda Teig.

– Parce que lorsque nous avons rencontré la Reine Leah, la reine a dit à notre femme que les rois traquaient des trafiquants d'armes illégaux sur Viken, qui vendaient des armes de la Coalition.

– Putain. » Teig porta la main à sa poitrine, comme s'il avait du mal à respirer. « Nous aurions dû lui dire la vérité dès le début. Maudit soit Hélion et ses ordres.

– C'est pire que ça, poursuivis-je, de plus en plus mal au fur et à mesure de mes explications. La reine a dit à Whitney qu'ils avaient suivi les dealers jusqu'à la station et qu'ils soupçonnaient quelqu'un de la sécurité.

– Notre femme croit non seulement que nous lui avons menti, mais que nous sommes d'affreux criminels semant mort et la destruction pour du fric. » Alarr s'accroupit. J'avais moi aussi grand besoin de m'asseoir. Nerveux ? Le mot était faible. Dégoûté.

« Où a-t-elle bien pu aller ? » demanda Teig, en regardant comme si elle se cachait derrière un rideau ou sous le lit.

J'eus une idée saugrenue. « La reine et le Roi Drogan en personne lui ont dit qu'elle était la bienvenue à Viken United quand elle le voulait. Le roi lui a fourni un code d'accès d'urgence pour qu'elle puisse se rendre sur Viken United de n'importe quel endroit de la planète, à n'importe quel moment. Si elle craignait d'être en danger, que ses putains de maris soient des trafiquants d'armes, elle ne resterait pas sur Trixon. Elle se serait téléportée direct. »

Alarr se leva d'un bond. « Direct chez le Commandant Clive. »

Le Commandant Clive était le responsable des transports haute sécurité du club de vacances et, techniquement, notre chef. Les voyous que nous avions traqués — et rencontrés grâce à une ruse afin d'acheter des armes sur lesquelles nous venions de placer des balises — étaient en lien direct avec lui.

« Si elle s'est rendue au terminal au transport et a demandé d'aller sur Viken United, en lui disant *pourquoi*, elle lui aura certainement montré l'enregistrement ... commença Teig.

– Assurément. » J'en étais certain. Notre femme en avait le courage, comme elle l'avait prouvé en se soumettant à ma domination dans cette hutte, simplement sur ma bonne foi. Elle m'avait fait confiance et, putain, je l'avais horriblement déçue. « C'est une femme respectable, Alarr. Elle a dû se dire qu'il était de son devoir de nous livrer à la plus haute autorité ici, indépendamment de ses sentiments personnels. » Je me demandais justement quels étaient ses sentiments, vu qu'elle s'estimait trahie. Nous lui avions menti. Nous n'étions pas des hommes d'honneur.

Je songeais à l'excitation dans son regard quand je lui avais retiré sa robe dans la hutte. A la façon dont ses yeux pétillaient de bonheur quand nous avions déjeuné au bord de l'eau. Comment son regard s'était assombri de désir, d'envie, de confiance.

Alarr secoua la tête. « Même elle n'aurait pas fait ça. Elle est forcément partie bouleversée, avec la chemise d'Oran sur le dos pour tout vêtement. Suffisamment pour que Clive soupçonne quelque chose, l'interroge. Quelle femme quitterait Trixon toute seule dans la chemise de son mari ? Il ne l'aura jamais autorisée à partir, même pour rejoindre la reine.

– Elle est en danger. Partons à sa recherche. » Je mettrais ce club de vacances à feu et à sang si nécessaire. Whitney nous appartenait. Personne ne lui ferait de mal, ni peur, ne la garderait loin de nous. Je les tuerais si besoin. Et dire que tout était de notre faute.

Teig m'arrêta d'un geste de la main avant que j'atteigne la porte. « Pas si vite. Qu'est-ce qu'on va faire ? Si elle est aux mains de Clive, dans le meilleur des cas, que va-t-il lui faire ? Et s'il ne l'a pas ? Et si elle s'était effectivement adressé à un technicien de transport haut placé qui avait validé le transport sur Viken United ? »

Teig ne me regardait pas. Il regardait Alarr. Nous nous retournâmes tous deux vers Alarr, notre chef. Bien que nous ayons tous le même grade, il nous avait déjà sorti de situations pires que celle-ci. Teig était le charmeur. Moi la force brute. Alarr ? Réfléchi et prudent. Le mari officiel de Whitney. Nous avions tous un rôle à jouer, tel était le sien. A lui de décider comment nous sortir de la merde dans laquelle nous nous étions fourrés.

Alarr faisait les cent pas. Je cogitais sur le problème que nous avions sur les bras. Je me mis à penser tout haut. « Si elle est aux mains de Clive, nous devons nous grouiller pour les armes. On ne peut plus attendre. Cet enregistrement est la preuve que nous ne sommes pas qui nous prétendons être. Clive n'est pas un imbécile. Il va comprendre que nous le traquons pour le compte des Renseignements ou des rois. De toute façon, il sait maintenant que nous avons été envoyés ici pour le choper. Il sait que Whitney est notre femme. Il s'en servira comme appât pour nous attirer dans un piège. »

Alarr ne nous regardait pas mais je savais qu'il n'en perdait pas une miette.

« Exact. » Il se tourna et leva les yeux d'un air déterminé. Il avait pris sa décision, il était temps d'agir. Heureusement, car j'allais perdre la tête si j'attendais une minute de plus pour partir à la recherche de notre femme. « Elle est en sécurité si elle est déjà sur Viken United. Fâchée contre nous et effrayée, mais en sécurité. Si elle n'y est pas, c'est que Clive la détient. Ne vendons pas la peau de l'ours en supposant qu'elle se soit échappée. Nous devons envisager le pire, que Clive la détient. Nous devons nous occuper de ce fils de pute et achever cette putain de mission.

– Et espérer qu'elle soit malheureuse mais en sécurité sous la protection de la garde royale. » J'étais d'accord mais j'en doutais fort. Alarr avait raison, nous devions nous préparer au pire. Si Clive *détenait* notre femme, je ne me pardonnerais jamais de l'avoir laissée ici et d'avoir couru jusqu'à Viken United pour veiller sur elle. Notre femme m'avait accepté pour mari. M'avait fait confiance. S'était donnée à moi, avait accepté mon sperme. Le mien, celui de Teig et Alarr. Elle me possédait corps et âme. Ils lui appartenaient aussi, et je n'avais aucune envie de les avoir pour moi tout seul. Sans Whitney, je n'étais qu'une âme en peine.

Alarr se dirigea vers l'écran pendant que Teig et moi attendions. Le chef des gardes royaux apparut à l'écran, en noir de la tête aux pieds, des cheveux courts comme les miens. Je reconnus l'insigne de la flèche sur son bras. Il était du Secteur Deux, comme moi, ses yeux noirs ne plaisantaient pas. Un mâle dominant. Un vrai protecteur. Je relâchais instantanément la pression. Cet homme avait des couilles. « Viken United. Officier chargé du Transport. Ici le Capitaine Gunnar.

– Capitaine Alarr du club Trixon. Ma femme, Whitney Mason de Terre, a-t-elle été transportée conformément aux règles de sécurité en vigueur sur Viken United ? »

Le garde royal sourit, ses dents d'une blancheur éclatante contrastant fortement avec sa peau, plus mate que celle de notre jolie femme. « Ah, vous êtes l'heureux élu. Nous avons appris qu'une Terrienne était fraîchement arrivée et avait épousé un Viken. Notre femme se languit de rencontrer la vôtre. Notre Sophia est elle aussi originaire de Terre. Félicitations pour ce magnifique mariage. Les Terriennes sont de vrais trésors. Belles et fougueuses. » Il rit doucement, sans prêter manifestement attention à l'impatience d'Alarr. « Naturellement soumises, leur donner du plaisir est un vrai bonheur. Vous êtes chanceux, Capitaine.

– Effectivement. Mais veuillez répondre à ma question. Whitney a-t-elle été transportée en sécurité vers Viken United au cours des deux dernières heures ? »

Gunnar haussa un sourcil, prenant apparemment conscience de l'humeur d'Alarr. « Je vais regarder les registres de transport. Un problème, Capitaine ?

– J'espère bien que non, » soufflais-je, mais Gunnar n'entendit pas. Evidemment. Nous étions entraînés à tout remarquer. La moindre hésitation. Le moindre mouvement. Le moindre détail pouvait être utilisé pour accroître le plaisir d'une femme, découvrir ses vrais désirs, ses envies les plus secrètes. Je connaissais à peine Whitney mais j'avais besoin d'elle. J'avais besoin qu'elle se lâche, qu'elle me fasse confiance. De son amour. Qu'elle m'aime. Et pas de cette putain de catastrophe.

« Je vois. » Il soutint mon regard un bref instant mais je savais qu'il comprenait. Ses mains voletaient sur des écrans que nous ne pouvions voir, son expression s'assombrit. « Un transport d'urgence a été amorcé, puis annulé, il y a dix-neuf minutes environ. »

Mon sang se figea. « Annulé par qui ?

– Le Commandant Clive, chef de la sécurité sur Trixon. » Gunnar leva les yeux. « Il possède l'accréditation la plus élevée. Je suis sûr que votre femme est en sécurité entre ses mains. »

Teig poussa un rugissement bestial. Sa nature passionnée prenait le dessus. Il se dirigeait déjà vers la porte, saisit une chaise au passage et la balança hors de son chemin. « Allons tuer ce salaud et récupérer notre femme. »

Je grommelai mon accord et me dirigeai vers un tiroir dans lequel je gardais mes effets personnels. J'en sortis mon arc, mes flèches et mes couteaux avant de le suivre jusqu'à la porte. Les canons laser et les blasters étaient une chose, mais le blaster à ma hanche ne tiendrait pas la charge. J'affronterais une armée si nécessaire pour récupérer Whitney. Dix armées. Je les tuerais tous si nécessaire.

J'entendis Alarr grommeler tandis qu'il continuait de parler avec Gunnar via l'interphone. Teig et moi faisions les cent pas dehors dans l'obscurité, impatients. Prêt à nous mettre en chasse.

« Je vais étriper ce salaud, » jura Teig.

Je bouillonnais de rage mais pas à cause de Clive, mais de nous. « Nous sommes des imbéciles. Nous aurions dû faire confiance à Whitney.

– Tout à fait d'accord. » La voix d'Alarr résonna dans l'obscurité avant qu'il n'apparaisse.

« Qu'a dit Gunnar ? Quelle est la situation sur Viken United ? demanda Teig à Alarr.

– Gunnar a parlé au Roi Drogan de notre situation. Le TCI traque un vaisseau non-identifié qui se dirige vers nous des confins de l'espace. Il arrivera sous l'heure, dit Alarr.

– Et ? demandais-je. Le Terminal des communications interstellaires se trouvait sur le pôle de Viken, les pauvres gars qui le protégeaient étaient tous d'anciens membres de la Flotte de la Coalition, des durs à cuire, probablement à moitié congelés la plupart du temps. Il n'y avait rien là-haut à part de la glace, de la neige, et peu de femmes pour les réchauffer la nuit, ou d'hommes pour réchauffer leurs femmes.

« La Coalition ne s'en mêlera pas. Le vaisseau sera autorisé à se poser. Nous devons nous assurer que les balises de repérage soient chargées sur le vaisseau avant qu'il reparte, » affirma Alarr. Autrement dit, rester en plan et attendre le moment venu, le temps que les caisses soient chargées, ce qui laisserait à notre femme le temps de souffrir entre les mains de Clive jusqu'à ce que les armes soient à bord en toute sécurité.

« Qui a donné cet ordre ? Hélion ? demanda Teig.

– Non. Le Roi Drogan. Il veut s'assurer que Viken soit exonérée de toute responsabilité pour le massacre qui s'ensuivra suite à la tractation.

– Au détriment de notre femme ? » Sa réponse me contrariait grandement.

« A n'importe quel prix, confirma Alarr. Le Prime Nial fait pression sur Hélion et les rois pour qu'ils s'occupent du problème. Le fait qu'ils utilisent les armes de la Flotte de la Coalition lui occasionne des soucis d'ordre diplomatiques sur d'autres planètes, des planètes qui n'aiment pas coopérer en temps normal.

– Comme Xerima ? » demandai-je. Ces bâtards bleus étaient lunatiques et imprévisibles dans des circonstances normales.

« Et Rogue 5. Nos alliances là-bas sont fragiles, comme aime à le rappeler Hélion. » Alarr disait vrai. La Coalition avait noué une alliance fragile avec deux des cinq légions sur la lune d'Hypérion, connue sous le nom de Rogue 5, mais les légions échappaient au contrôle de la Coalition et fonctionnaient plus comme des clans en guerre qu'un gouvernement civilisé. Leurs chefs régnaient avec un pouvoir absolu, comme les monarques d'autrefois.

« Alors, ils ont décidé de jouer avec la vie de Whitney ? Nous savons que Clive la détient, et s'il essaie de l'emmener sur une autre planète ? Ou de s'en débarrasser ? »

Teig frotta sa mâchoire. « Il ne la tuera pas, du moins pas ici. Il est bien trop cupide. »

Merde. Teig avait raison. Il ne la tuerait pas. Il ferait pire. Il la vendrait. Les Terriennes étaient très demandées, des factions sur Rogue 5 et dans d'autres endroits n'auraient aucun scrupule à la lui ravir et la vendre au plus offrant.

Teig se tourna vers Alarr. « Comment va ton œil ? Aiguisé et fin prêt pour sa prochaine cible ? »

Alarr sourit avec un air diabolique que je ne lui avais jamais vu. « Au top, comme toujours. »

C'était notre sniper, un sacré bon élément. S'il avait un tir à faire, peu importe la distance ou la pression qu'il subissait, il tirait. Alarr faisait toujours mouche lorsqu'il tirait à vue. Grâce à ses indications, Teig et moi étions en général sur le terrain pour nous occuper du reste.

« Nous savons où sont les armes. Nous connaissons le

seul endroit où ils peuvent les emporter et les planquer, » dit Alarr. Il nous adressa un signe de tête pour nous faire décoller. « Allez. En position. Je vais me planquer à l'abri sur la colline nord qui surplombe la réserve d'armes. Attendez mon signal. »

Teig haussa les épaules. « Tu comptes tirer sur Clive ? »

Alarr secoua la tête. « Pas avant que les caisses et leurs balises de repérage soient chargées et que les contrebandiers aient quitté l'espace Viken. »

Je n'étais pas d'accord avec ce putain de plan. « Si Whitney court un danger, ou s'il essaie de la mettre sur ce vaisseau, tue-le. »

Teig se tourna vers Alarr. « On ne peut pas le laisser lui faire de mal. »

Alarr était des plus concentré en affaires, sans aucune pitié. « D'accord. Allons-y. »

T*EIG*, *Une heure Plus tard*

L*ES ARMES ÉTAIENT PRESQUE CHARGÉES*, le transfert terminé. Je savais qu'Oran était tout près. Tout comme moi, il s'était camouflé dans l'obscurité, attendant soit que Clive se montre avec Whitney, soit que la voix d'Alarr dans notre oreillette nous dise de bouger.

Je me déplaçai, contractant de nouveaux muscles et en détendant d'autres, afin de m'étirer. Je n'avais pas bougé depuis longtemps. Je savais attendre. La traque pour piéger une proie était devenue tout un art. Raison pour laquelle j'avais été affecté à cette mission des Renseignements avec Alarr et Oran sur le Cuirassé Zeus. Il fallait de la patience pour cartographier chaque zone de l'espace, pour traquer chaque fréquence et chaque onde radio à la recherche des signaux cachés de la Ruche. Peu importe qu'il s'agisse d'un puzzle de dix mille pièces, je les passais toutes au crible.

Pour la Flotte, pour la guerre, pour protéger ma planète et mon peuple. J'adorais chasser. Mes succès nourrissaient mon ego et mon assurance surdimensionnée.

Mais ça ? C'était personnel. Regarder les contrebandiers de la Légion Cerberus de Rogue 5 — avec leurs visages hargneux et les brassards rouge foncé qu'ils arboraient par fierté — charger les armes était la chose la plus difficile que j'aie jamais faite.

Je fermai les yeux et réprimai la vision de ces hommes gisant au sol dans un bain de sang.

« Tiens-toi prêt, Teig. C'est bientôt à nous, » chuchota Alarr dans mes oreillettes pile au bon moment. Je ne m'étais jamais demandé comment il faisait pour savoir que j'étais à cran. Il le savait. Il l'avait toujours su. Il me retenait toujours avant que je fasse une connerie.

J'étais prêt à buter un groupe de dix soldats Cerberus tout seul. Ce n'étaient pas des guerriers respectables. Ils se battaient comme des sagouins. A moins qu'Alarr n'en élimine la moitié et qu'Oran se joigne au combat, je serais mort moins d'une minute après l'attaque. J'étais bon, mais il y avait des limites.

Alarr et Oran me connaissaient mieux que quiconque. Ils savaient que mon sourire, mon attitude cavalière, dissimulait un côté bien plus sombre que le leur. J'avais besoin de Whitney pour me raccrocher à autre chose que la guerre et la mort. Avant, j'avais Alarr et Oran. Ils étaient comme des frères pour moi, mais j'avais goûté au bonheur et à la quiétude qu'une femme apporte, je ne pouvais pas affronter mes ténèbres seul. J'avais besoin d'elle. J'étais déjà amoureux d'elle. J'aimais sa peau douce, ses seins ronds. Je me languissais de sentir ses lèvres pulpeuses sur les miennes ou autour de ma queue. Tout en elle était charnel, exotique et sensuel. Moi, j'étais terne et froid. Vide.

Nous devions la retrouver. La sauver. La libérer. Ceci fait, je n'étais pas certain de trouver l'énergie nécessaire pour la quitter un jour.

« Ils ne ferment pas les portes. » La phrase brève d'Oran me fit revenir à la réalité. Toutes les armes étaient chargées. La zone était dégagée, et huit des dix racailles Cerberus avaient disparu à l'intérieur du vaisseau. Deux autres se tenaient au garde-à-vous près de la rampe d'embarquement. Ils étaient énormes, probablement des Hypérions et des Prillons, des races de jadis, recouverts de tatouages indéchiffrables. Ils mesuraient trente bons centimètres de plus que nous et s'ils nous tombaient dessus, nous n'aurions pas seulement à nous soucier de leurs armes et de leur force brutale, mais de leurs putains de crocs.

Merde.

Ils restèrent figés comme des statues pendant de longues et angoissantes minutes. Qu'attendaient-ils ?

« Devant toi. A douze heures. » Je tournai la tête en entendant Alarr et regardai dans la direction indiquée. Mon cœur s'arrêta net. Whitney, yeux bandés derrière un bout de tissu noir et pieds nus, mains liées dans le dos avec une corde, était attachée à une longue corde. Traînée en laisse comme un animal domestique, pas vraiment doucement, par le commandant Clive en personne. Droit vers le vaisseau. Elle trébucha et se redressa, sans rien voir ni pouvoir utiliser ses mains.

« Tire, Alarr, ordonnai-je.

– Je ne peux pas. Whitney est en plein dans mon champ de mire.

– Putain. » Le juron d'Oran s'ensuivit d'un grognement. Je savais qu'il avait abandonné sa position et qu'il était en mouvement. « Je me charge de Clive. Teig, sors Whitney de là.

– J'ai Whitney. Affirmatif. Vas-y. »

Je me déplaçai lentement, me frayai un passage parmi l'ombre des arbres tandis que le commandant Clive s'approchait avec notre femme des brutes attendant au pied du vaisseau. Je me demandais s'il la leur avait déjà vendue. Si elle montait à bord...

« Dépêchez-vous. Ils sont tout près. » Les soldats Cerberus surveillaient Clive qui approchait avec Whitney. Leurs regards s'attardaient trop longuement sur notre femme à mon goût. « Oran. » Un mot. S'il ne bougeait pas, j'allais...

« Maintenant ! »

Les soldats Cerberus tombèrent à moins d'une seconde d'intervalle. Je remerciai le ciel qu'Alarr soit un vrai dieu avec son fusil laser. Celui encore en vie cria à son équipage de fermer la porte et décoller. L'autre était mort, son regard vitreux me fixait, là où il était tombé.

Le commandant Clive courut vers le vaisseau, tirant Whitney derrière lui comme une poupée de chiffon jusqu'à ce qu'elle trébuche et tombe. Elle s'écroula. Oran surgit de nulle part, couteau à la main et planta profondément son poignard dans la colonne vertébrale de Clive.

J'avais déjà vu Oran faire ce geste particulier mais voir le visage de Clive passer de la rage à la terreur et au choc en quelques secondes fut hyper jouissif. Je savourais cet instant tout en me précipitant vers Whitney pour la couvrir de mon corps.

Elle cria lorsque je l'atteignis « Non, lâche-moi ! » Elle se débattait, luttant de toutes ses forces, mais je la maintenais à terre.

Elle était douce sous mon corps, voluptueuse. Effrayée. Elle tremblait. « Chut, mon amour. C'est Teig. Tout va bien. »

J'étais sincère. L'amour. Oui. Je l'aimais. Je la tenais dans mes bras. Je ne la laisserais plus jamais s'en aller. Je la protégerais pour toujours de mon corps.

Elle cessa de hurler mais ne se détendit pas, même lorsque je l'attrapai contre moi et examinai ses blessures. Le bang supersonique du départ du vaisseau de l'atmosphère Viken m'assura que les soldats Cerberus étaient partis. Clive n'irait nulle part avec un couteau planté dans le dos, à moins que le Docteur Hélion ne décide d'avoir pitié de lui une fois l'équipe des Renseignements sur place.

Je ne donnerais pas cher de la vie de Clive. Il était responsable de la mort de nombreux civils innocents. Hélion était peut-être un dur à cuire mais il respectait un code d'honneur. Clive avait enfreint ce code en massacrant des innocents. Un caisson Regen pouvait guérir bien des blessures, mais pas toutes. Certainement pas éradiquer le mal.

« Enlève-moi ce bandeau » , demanda Whitney, en

agitant la tête pour essayer de l'ôter par ses propres moyens.

Je dénouai le tissu sombre le plus délicatement possible. Une fois enlevé, elle cligna des yeux et regarda ses liens, et non pas mon visage. Ni Alarr, qui sortait du bois. Ni Oran, qui s'agenouilla auprès de la maudite silhouette de Clive pour s'assurer qu'il ne nous tire pas dessus avec ses mains libres.

« Détache-moi, s'il te plaît. Immédiatement. »

Je plaçai ses mains sur mes genoux pour défaire ses liens, mais elle retira et recroquevilla ses pieds sous elle afin d'éviter tout contact pendant que je libérais ses poignets. « Tu es en sécurité maintenant, mon amour. Je te le promets. Nous sommes tous ici. Tous les trois. Il ne t'arrivera strictement rien. »

Je la regardais en hochant la tête. Elle essayait de reprendre son souffle.

« Ok. » Elle était d'accord, mais sa voix était... étrange. Je regardais Alarr qui se tenait au-dessus de nous, lui aussi semblait perplexe. Pourquoi ne pleurait-elle pas ou ne se collait-elle pas à l'un d'entre nous ? Elle devait être terrifiée. Dieu seul sait ce que Clive lui avait dit ou fait. Peut-être agissait-elle ainsi parce qu'elle était humaine ? Terrienne ? Les humaines avaient la réputation d'être fortes et entêtées parmi les guerriers de la Flotte de la Coalition. C'était peut-être le cas ?

Je la détachai. Elle se releva immédiatement, refusant ma main tendue pour l'aider.

Alarr me regarda. « L'équipe d'intervention arrive d'ici quelques minutes. Les Renseignements traquent le vaisseau.

– Bien. » Oran se tenait au-dessus de Clive, une botte

posée fermement sur le dos de notre ennemi afin de le maintenir à terre. Son regard se posa sur notre femme qu'il reluqua de la tête aux pieds sans trouver la moindre blessure. « Whitney, tu vas bien ? Il t'a fait mal ? »

Whitney finit par lever les yeux et regarda Oran. « Je vais bien. » Elle recula d'un pas, vers les bâtiments derrière nous.

Alarr lui tendit la main, mais elle recula de nouveau. « Je suis désolée, ma chérie. Tu n'aurais pas dû endurer cela. Nous n'avons pas réussi à te protéger. » Il mit sa main sur son cœur. « Je te jure que cela ne se reproduira plus. »

Elle secoua la tête, ses mains frottaient ses poignets. Elle tremblait, l'adrénaline coulait encore dans ses veines. « Je vais bien. Vraiment. » Une vive lumière nous éclaira du ciel, elle leva les yeux et aperçut le vaisseau des Renseignements se poser à l'endroit où stationnait encore celui des trafiquants Cerberus quelques minutes auparavant. Je n'avais pas besoin de voir le vaisseau des Renseignements. J'en avais vu des centaines. Je ne quittais pas ma femme des yeux, elle se comportait bizarrement.

Whitney recula pendant que le navire se posait. La rampe de chargement s'abaissa jusqu'au sol. Je me retournai enfin en entendant Hélion. « Excellent travail. Je savais qu'avoir une femme sur place serait la solution idéale pour accomplir cette mission. »

Putain de merde. Je le maudissais in petto.

« Pardon ? » Je me retournai en entendant Whitney. L'horreur qui se lisait sur son visage me poussa à me tourner vers Hélion pour le supplier de s'expliquer.

« Non. Ce n'est pas ce que tu crois, Whitney. Tu as épousé Alarr, parole d'honneur. » Je regardais Hélion s'approcher du commandant Clive, blessé, avec un sourire qui n'avait rien d'amusant. « Docteur, expliquez-lui s'il vous plaît. »

Hélion leva la main, m'ordonnant clairement de me taire. Les deux hommes étaient sur le point de s'expliquer, sans doute pour étayer mon point de vue. *Notre* point de vue.

« Commandant Clive. Ravi de faire enfin votre connaissance. » Hélion se déplaçait dans un silence fantomatique. L'énorme guerrier Prillon avait une stature imposante, impitoyable. Il ne portait pas son uniforme de la Flotte de la Coalition mais la blouse vert foncé d'un médecin. Je savais qu'il était dangereux, malgré l'uniforme de docteur qu'il portait aux yeux de tous. Un être diabolique. Un tueur dans un corps de médecin. C'était, sans aucun doute, l'homme le plus dangereux que j'aie jamais rencontré. Et notre nouveau prisonnier avait toute son attention. « Vous avez causé beaucoup de problèmes au Prime Nial et aux Renseignements.

– Laissez-moi accéder à un Caisson Regen, haleta Clive, le visage déformé par la douleur. Je vais tout vous dire. Je le jure. »

Hélion s'accroupit devant le visage du Commandant Clive. « Oh, je sais. » Il contempla la colonne vertébrale de Clive, la lame du couteau y était toujours profondément enfoncée. « Vous avez besoin de votre couteau, Capitaine Oran ?

– Non. » À en juger par le regard d'Oran, il ne voulait plus jamais le revoir.

« Bien. » Il était debout face à Alarr. « Bon travail, capitaines. Rendez-vous immédiatement au Quartier Général des Renseignements pour le débriefing.

– C'est impossible, monsieur. Je regrette. Nous devons nous occuper de notre femme. » Alarr avait osé le défier : Je savais au ton de sa voix que je devais me préparer à me battre à ses côtés. Je décidai de me planter derrière lui, comme Oran. Nous lui avions dit lors de notre dernière communication que nous emmènerions notre femme sur le Cuirassé Zeus, tous ensemble une fois la mission terminée.

Le Docteur Hélion haussa ses sourcils en accent circonflexe, à la fois surpris et choqué. « Quelle femme ? Je ne vois aucune femme réclamant votre attention. »

De quoi parlait-il, bordel ? Whitney était juste—

Elle était partie. J'observai rapidement les alentours et l'aperçus détaler jambes nues vers la salle de transport.

Alarr piqua un sprint. « Whitney, attends ! »

Le Docteur Hélion leva la main, un agent des Renseignements se posta devant Alarr et le mit en joue avec son pistolet laser. « Ne m'obligez pas à vous tirer dessus, Capitaine. »

Alarr se retourna vers Hélion, il écumait de rage. « Laissez-moi passer, » grogna-t-il.

Hélion secoua la tête. « Vous allez m'accompagner au Quartier Général des Renseignements et vous ferez vos rapports. Ceci fait, vos bites vous ramèneront jusqu'à cette femme. Elle sera en sécurité sur Viken United. » Il jeta un coup d'œil au bipeur à son poignet. « Ah, vous voyez, elle s'en va. Directement chez la Reine Leah, sans doute, pour lui parler de vous et lui dire combien sa vie est dure. »

Je crus qu'Alarr allait exploser de colère. Moi aussi. J'avais envie d'arracher la tête de ce salopard, comme un Atlan en mode bestial.

« Va te faire foutre espèce de connard, » hurla Oran. Il décocha un coup de poing au visage d'Hélion, tandis qu'Alarr se précipitait sur le soldat des Renseignements qui lui faisait face. J'essayai de voler à la rescousse d'Oran mais un violent coup de pistolet paralysant m'atteignit à la hanche. Je chutai lourdement.

Je connaissais l'effet produit par un pistolet paralysant. J'en avais reçu un coup à l'entraînement et plusieurs au combat.

D'autres tirs retentirent autour de moi, Alarr et Oran se retrouvèrent bientôt plaqués au sol à côté de moi devant le vaisseau des Renseignements, désormais paralysé pour les prochaines heures.

Le Docteur Hélion nous toisait, fier comme un Prillon. « Comme je vous l'ai dit, capitaines, vous allez m'accompagnez au Quartier Général des Renseignements. Vous pourrez *ensuite* chercher votre femme. Sa chatte sera encore tout excitée, croyez-moi. » Il riait. « A moins, bien sûr, que vous ne soyez pas de bons amants. Auquel cas, elle risque de trouver trois nouveaux partenaires qui s'occuperont d'elle, le temps que vous la retrouviez. »

Alarr grognait. La fureur dans son regard était palpable. La colère d'Oran couvait, comme une braise n'attendant qu'une étincelle. Quant à moi ? Je n'en pouvais plus. Whitney croyait que nous l'avions utilisée pour la mission, que nous n'étions pas ses vrais partenaires, que tout, depuis son arrivée jusqu'à maintenant, faisait partie du plan du Docteur Hélion. Un mensonge sur toute la ligne.

Hélion avait peut-être raison. Elle méritait sans doute mieux.

9

𝒲hitney, Viken United

JE CROYAIS AVOIR PLEURÉ toutes les larmes de mon corps sur Terre mais je me trompais. Une fois arrivée au palais, j'avais éclaté en sanglots devant Leah. De bons gros sanglots avec de la morve et tout. Ce n'était pas bien beau, mais je m'en fichais. Leah aussi, elle me serra dans ses bras, puis m'emmena dans une chambre d'amis. Elle me borda, alluma une lumière tamisée et me dit qu'elle contacterait la gardienne Egara pour l'informer de ce qui s'était passé, que je refusais cette union. J'aurais dû m'en occuper personnellement mais la reine de toute une planète devait probablement détenir une dérogation spéciale pour ce genre de choses. Je pouvais pleurer tout mon saoul.

Je me cachai sous les couvertures et me laissai aller.

Le bonheur auquel j'avais tant cru. Ce rêve éveillé. Ce que j'avais ressenti en croyant qu'Alarr, Oran et Teig étaient des trafiquants d'armes. Ce que j'avais ressenti en découvrant que ce n'était pas le cas. Seul point positif, le mariage n'avait pas été consommé, je n'épouserais pas ces hommes malveillants.

Cela ne faisait aucune différence. D'accord, peut-être un peu, mais tout de même.

Ils m'avaient trompée. Ils m'avaient menti. Ils m'avaient utilisée comme un pion pour accomplir leur mission. Ils m'avaient baisée pour assurer leur couverture. Ils auraient pu me dire la vérité. J'aurais compris. Je les aurais trouvés courageux. Braves. Et ça aurait été super torride. Trois héros comme partenaires ? Ça me convenait.

Quel héros se servait d'une femme ? Quel héros utilisait sa propre épouse ?

Je ne pouvais plus vivre avec eux. Je ne pouvais pas supporter la probabilité d'être à nouveau utilisée. Je ne pouvais pas leur faire confiance.

Alors je pleurai. Et pleurai. Je pleurai en me demandant s'il existait quelqu'un que je puisse aimer corps et âme, qui me voudrait pour ce que j'étais, telle que j'étais. Pas pour une autre raison. Pas pour tromper les gens et ponctionner leur argent. Pas pour baiser comme des bêtes dans un club de vacances pour traquer des contrebandiers.

Je songeai au temps passé avec Oran dans cette hutte, à la façon dont il m'avait attachée. Je lui avais fait confiance. J'avais d'abord paniqué, pour finir par nager dans le bonheur parce qu'Alarr avait réussi à m'apaiser. Je savais qu'il était là. Je me sentais en sécurité. Désirée.

Protégée.

Et tout cela n'avait été qu'un jeu. Leurs caresses... Alarr, Oran, Teig. Tous les trois, mais jamais tous les trois ensemble.

Je les croyais parfaits ; ils étaient loin de l'être. Je ne demandais pas la perfection. Je croyais pourtant avoir enfin trouvé une relation saine et solide puisque la gardienne Egara m'avait annoncé un pourcentage de compatibilité aussi élevé.

Stupides ordinateurs extraterrestres. Qu'est-ce qu'ils en savaient ? Pas grand-chose apparemment.

« Réveillez-vous, Whitney. »

Une voix me tira de mon sommeil, je n'avais pas conscience de m'être endormie.

« Allez, debout, belle au bois dormant. » On touchait mon bras.

Je reniflai, remuai, clignai des yeux.

Leah s'approcha de moi en souriant. « Je vous ai laissé vous reposer tranquillement. Il est désormais temps de prendre une douche et parler. Y'a de la glace. »

Je m'assis net. « De la glace ? »

Elle éclata de rire. « Je savais que ça vous remonterait le moral. »

Je descendis du lit, je me sentais hyper mal. J'avais mal partout, ma tête pulsait. Mon visage était bouffi à force de pleurer.

J'étais contente qu'elle me montre le chemin de la salle de bain, que l'eau de la douche soit déjà allumée, des vêtements propres m'attendaient sur une commode.

« Je vous laisse tranquille, mais quoi que vous fassiez, ne vous regardez pas dans le miroir. »

Leah partie, la porte coulissante se referma derrière

elle. Je contemplai bien évidemment mon reflet dans le miroir et poussai un cri. Merde. Mes cheveux partaient dans toutes les directions. Mon visage était bouffi. J'avais l'air vidée et déprimée. Triste.

Je pris une grande respiration et réalisai que tout était la faute d'Alarr, Teig et Oran. C'était de leur faute si j'avais l'air d'un zombie. Je les détestai encore plus.

Je ne leur permettrais pas de continuer à me baiser. Me retrouver dans cet état équivalait à céder, accepter qu'ils me fassent du mal.

Pas question. J'étais Whitney Mason de Terre. Aucun homme ne me mettrait dans un tel état.

Je pris ma douche, lavai ma tristesse et le sperme des mecs qui restait sur ma chatte et mes cuisses. Comme dans la publicité pour les shampoings, je lavai mes cheveux... mon corps et mon esprit.

J'avais terminé.

Je m'habillai et sortis de la salle de bain. Leah était sur le canapé et regardait quelque chose sur l'écran installé au mur. Je n'avais pas prêté attention à la pièce lors de mon arrivée.

C'est super chic, mais pas dans le genre étouffant de Buckingham Palace. L'ameublement était raffiné, un style bohème chic Viken qui rendait l'endroit accueillant, tout en conservant son statut royal.

Le lit contre le mur était flanqué de deux immenses baies vitrées allant du sol au plafond. À l'extérieur, tout était vert. Des arbres, des feuilles... le calme, un océan bleu marine léchait le rivage en contrebas. Je croyais que Viken United était une grande ville, d'après ce que je pouvais en voir, c'était une énorme forteresse environnée de nature.

La pièce était grande avec un coin salon composé de deux canapés, une table basse sur laquelle était posée ce qui ressemblait à une cafetière - peu importe le nom qu'on lui donnait sur Viken puisqu'on ne m'avait pas encore apporté de café - un écran plasma, une télévision immense.

L'écran devint noir, Leah sauta sur l'occasion. « Bien ! C'est l'heure de la glace. »

Je n'avais aucune idée de la façon dont fonctionnait le S-Gen contre le mur. Je m'installai bien droite sur le canapé. Elle m'avait donné une robe verte, du même style que celles que j'avais portées. Une robe Viken pour dames. Je ne le regrettais pas. La matière était douce, la coupe agréable, le style fluide. Heureusement, le temps était doux, à moins que ce soit uniquement le cas dans ce club de vacances, la température de la pièce était tout à fait correcte.

« Quel est votre parfum préféré ? » Elle me jeta un coup d'œil interrogateur par-dessus son épaule.

« Menthe et pépites de chocolat. »

Elle fit le signe de la victoire en levant son poing en l'air, puis activa la machine. « Excellent choix. »

Elle revint avec deux bols et des cuillères. Le mien était rempli de la traditionnelle glace vert pâle, trois boules parsemées de pépites de chocolat. J'avais l'eau à la bouche et en pris une bouchée sans hésiter.

« Miam, répondis-je les yeux fermés, en me délectant de ce goût familier bien terrien.

– J'ai prix noix de pécan beurre salé. Ma préférée.

Mon Dieu, j'adore cette machine S-Gen. » On aurait dit qu'elle parlait d'un de ses époux, pas d'un ordinateur capable de générer tout ce que l'utilisateur voulait, des vêtements aux glaces.

Elle se tut jusqu'à ce que je sois arrivée à ma dernière boule, je calais. « Alors... vous voulez changer de compagnon. »

Je lui jetai un regard. « Oui.

– Un vrai coup tordu.

– Oui, » répétai-je. Je n'étais plus triste mais en colère. Quelque peu résignée, mais en colère. Ce qu'ils m'avaient fait me brisait le cœur mais je n'allais pas me laisser abattre plus longtemps.

« Vous voulez un mari ou trois ? » Sa question sérieuse s'accompagna d'un haussement des sourcils et d'un sourire malicieux. « Parce qu'une fois qu'on en a eu trois, revenir en arrière est difficile. »

Ma cuillère tomba dans mon bol. « Je n'en ai jamais eu trois, » avouai-je.

Elle fit une pause, me regarda fixement. « Même après notre discussion ? »

C'est elle qui m'avait fait comprendre que quelque chose clochait dans cette union.

« Non. L'un d'eux était toujours occupé.

– Les mecs sont d'un stupide, » murmura-t-elle.

Je lui donnais raison.

« Ils ne m'ont jamais possédée comme vous l'aviez dit. Je n'étais qu'un pion pour mener leur plan à bien.

– Mais leur *plan* consistait à trouver les méchants. Ils ne sont pas aussi mauvais que vous l'aviez supposé. »

Je haussai les épaules. « Ils m'ont menti. Ils m'ont

trompée. Ils se sont servis de moi parce que ce connard de Prillon leur a ordonné de le faire. »

Leah soupira, ses épaules s'affaissèrent, son regard s'emplit de pitié. J'avais trop vu ce regard sur Terre, ma nouvelle blessure était d'autant plus douloureuse.

« Vous vous souvenez lorsque nous avons discuté sur Trixon ? Je vous ai dit que mes époux chassaient des trafiquants d'armes. »

C'est vrai. « Oui. Je m'en souviens. » Qui pourrait oublier se retrouver entourée de pistolets laser capables de détruire de petits vaisseaux ?

« Eh bien, je n'avais pas réalisé que vos maris faisaient partis des Renseignements dépêchés sur Viken pour effectuer cette besogne.

– Alors, vos maris vous ont eux aussi menti ? »

Sa pitié céda la place à la colère. « Non. Je ne leur ai pas posé la question. Je ne veux pas tout savoir, Whitney. J'ai une petite fille à élever et seulement quelques heures de disponibles dans la journée. Ils ne me disent pas tout parce que je ne veux pas savoir à chaque fois qu'un fou s'introduit dans le palais pour essayer de me tuer ou tuer Allayna. Je ne veux pas entendre parler de tous les assassinats ou criminels de la planète. Je deviendrais folle. » Elle se pencha et posa sa main sur mon genou. « Ils ne vous ont rien dit parce qu'ils vous protègent. Tout comme mes époux. »

Je secouai la tête avant qu'elle ne termine sa phrase. « Non. Vous avez choisi de rester à l'écart. Ce n'est pas pareil. Ils ne m'ont rien demandé, ils ne m'ont pas laissé le choix. Je suis leur femme, ils auraient dû me dire la vérité. Parce qu'ils ne l'ont pas fait, j'ai fini par tomber directement sur le cerveau de cette organisation, être touchée par un de ces pistolets paralysants et traînée jusqu'à un vaisseau spatial pour être vendue comme esclave. Je n'appelle *pas* ça de la protection.

– Les rois ne sont pas d'accord. Ils m'ont demandé d'essayer de vous aider à comprendre. Ils refusent de vous voir souffrir. »

Bon sang. Le mal était fait. Leah avait choisi de se mettre en retrait, ce que je comprenais,. Elle était reine. Mais ce n'est pas parce que Leah avait choisi d'ignorer certaines choses que je devais faire de même. « Je croyais que les hommes étaient différents dans l'espace, vous comprenez ? Que leur femme passait avant tout. En priorité, etc. »

Je n'avais jamais été le chouchou de personne. Mon grand frère était le préféré. Mon seul petit ami sérieux au lycée m'avait dit - après quatre mois de relation - qu'il ne sortait avec moi que parce qu'il était déjà sorti avec toutes les pom-pom girls du lycée et qu'il n'avait plus personne pour assouvir ses fantasmes. Quand j'étais entrée à l'université en Californie, en tirant un trait sur la fortune et la notoriété des Mason à New York, j'avais eu du mal à obtenir des rendez-vous galants. Mais alors, de qui je me moquais ? Flirter s'était avéré difficile. D'où mon dilemme.

« Un Terrien vous a fait souffrir, je me trompe ? C'est pour ça que vous avez tant de mal à pardonner ?

– Vous voulez plutôt dire, est-ce que j'ai été trahie par un ex-copain de merde sur Terre ? »

Elle hocha la tête.

« Non. Pas vraiment. C'est pire que ça. » Je me penchai et posai le bol. Ecoutez-moi ma chère, je vais vous raconter l'histoire de la famille Mason. Attention, rien à voir avec un tableau de Norman Rockwell. »

Je m'installai confortablement dans le canapé et lui racontai les plans des Mason Ripoux, qui avait fait tant de victimes parmi les familles de la côte Est des Etats-Unis. Leah était partie de Terre depuis suffisamment longtemps pour ne pas en avoir entendu parler. Je ne lui épargnai aucun détail. Elle comprenait ce que ma famille avait fait, elle était américaine et savait comment les choses fonctionnaient.

Quand j'eus terminé, son expression choquée et bouche bée vira du tout au tout. Elle plissa les yeux, une détermination farouche se lisait sur son visage.

« Putain de merde ça craint, » dit-elle lorsque j'eus enfin terminé de lui expliquer pourquoi je m'étais portée volontaire au Centre de Recrutement des Epouses.

J'éclatai de rire. « On peut dire ça comme ça. Vous comprenez pourquoi je ne peux pas retourner auprès d'Alarr, Teig et Oran. Je n'ai pas confiance en eux. Ils ne sont pas différents de ma famille - ils m'utilisent pour parvenir à leurs fins - je ne le tolèrerai pas. Plus jamais. »

Elle pencha la tête. « Je comprends. Bon, j'ai discuté avec la gardienne Egara tout à l'heure. Puisque vous avez refusé Alarr, les tests vous ont choisi un autre Viken. Vous passerez trente jours avec lui - et les deux autres compagnons qu'il choisira - pour accepter ou rejeter votre nouvelle union.

– J'ai l'impression de faire des rencontres sur internet. Swipez et choisissez votre futur mariage arrangé. »

Elle haussa les épaules. « Les tests ont donné de bons résultats avec mes époux. » Elle se pencha et tapota ma main. « La gardienne Egara va arranger ça. La situation est très inhabituelle, Whitney. Vous serez heureuse ici. Donnez sa chance à Viken.

— C'est ce que j'ai fait. » Je me souvenais de cette femme efficace au centre de recrutement. Ce n'était pas sa faute si Alarr n'était pas l'homme de ma vie. « Je pense qu'elle avait raison dès le départ, » grommelai-je, déçue. Alarr, Teig et Oran me plaisaient vraiment. Mais ce qui m'avait plu en eux était-il bien réel ? Je ne le saurais jamais.

« Vous le savez bien, dit-elle, elle s'arrêta et réfléchit. Ils vous ont piégée. Ils vous ont utilisée. Je ne vais pas vous contredire en disant qu'ils vous ont manipulée. Mais vous devez admettre qu'ils s'y sont hyper mal pris.

— Hyper mal pris pour quoi faire ? Au lit ? » dis-je en riant. Ils étaient loin d'être nuls au lit, là était le problème.

« Je ne parle pas de sexe, idiote. Je suis sûre qu'ils sont des amants très doués. Ce que je veux dire, c'est que vous avez découvert leur histoire de couverture en l'espace d'une journée à peine.

— Ouais, et alors ?

— Ils travaillent comme agents secrets depuis des mois. Ils ont berné d'autres personnes, mais ils n'ont pas réussi à vous berner, vous. Ce ne sont pas de vrais méchants. Ils sont nuls niveau tromperie. »

Je fis un signe de tête. « C'est vrai, mais ça n'a aucune importance.

— Vous ne comprenez pas où je veux en venir. »

Je la regardai avec impatience. Ça avait intérêt à en valoir la peine parce qu'elle avait raison, je n'y comprenais rien. Rien de rien. Il n'y avait aucune raison qu'ils me mentent. Aucune. Zéro.

« Seuls les gens foncièrement mauvais savent tromper

et mentir. Qu'ils soient tous les trois aussi nuls signifie qu'ils ne sont pas si méchants que ça. Ils sont respectables. Les gens bien n'aiment pas tromper et mentir quelqu'un qui leur est cher. C'est pas leur truc. »

Je me mordis la lèvre et réfléchis. « Comme des gamins. Certains vont casser un vase et essayer de cacher les morceaux. D'autres accuseront le chat sans sourciller. »

Elle abonda dans mon sens. « Exact. Alarr, Teig et Oran ont cassé le vase et ne peuvent pas le cacher. Ce sont des types bien. Ils ne feraient pas partie des Renseignements si ce n'était pas le cas. Ils ne rencontreraient pas mes maris s'ils n'étaient pas les meilleurs de la Coalition.

– Cela ne veut pas dire qu'ils sont bons pour moi. Je ne peux pas mentir, Leah. C'est tout simplement impossible.

– Même si c'est pour vous protéger ?

– Non. C'est la même excuse que mon père, c'est des conneries. » Je pris une profonde inspiration et lui racontait la vérité, toute la vérité, du fond du cœur. « Ils ne sont pas venus me chercher, Leah. Ils n'ont même pas essayé d'arranger les choses.

– Je sais, ma chère. Raison pour laquelle la Gardienne Egara va envoyer votre futur mari aujourd'hui ici-même, quand vous serez prête. Je dois juste la tenir informée, qu'elle lance le processus. Votre nouveau mari et vos deuxième et troisième partenaires ont été prévenus, ils sont prêts à vous rencontrer. »

Je fronçai les sourcils. « Je croyais que c'étaient les femmes qui partaient à la rencontre de leurs maris. »

Elle se leva et se rengorgea. « Un des avantages d'être

la reine. Elle a outrepassé le protocole des épouses pour moi. Allons à la salle de transport, nous contacterons la gardienne et vous obtiendrez votre nouveau mari. Des époux. »

Oh mon Dieu, l'idée d'un nouveau partenaire, de trois nouveaux Vikens rien que pour moi... j'avais les mains moites, mon cœur battait à tout rompre. J'étais impatiente la première fois, mais maintenant... j'étais nerveuse. Je pensais à Alarr, Teig et Oran, ils étaient parfaits.

Mais pas suffisamment.

Je n'avais peut-être pas besoin de perfection après tout. J'avais peut-être seulement besoin d'hommes bons, honnêtes avec moi. Je pouvais supporter beaucoup si on me respectait et qu'on me disait la vérité. Je pouvais vivre sans Alarr, Oran et Teig. Je revoyais leurs visages et me demandai si je ne n'étais pas en train de me faire des films.

« Allons-y, » je me levai et lissai ma robe. « Vous avez raison. Je suis prête à rencontrer ces trois nouveaux célibataires. Peut-être que ces trois-là m'offriront une rose. »

Leah me conduisit hors de la pièce en riant. Elle était peut-être la reine de Viken, mais elle connaissait bien les émissions américaines.

Une heure plus tard, Leah et moi étions au pied de la plate-forme de transport. Les poils de mes bras se dressèrent tandis que des vibrations retentissaient sous mes pieds. La gardienne Egara avait répondu rapidement au deuxième appel de Leah et à mon souhait d'une seconde union. Elle avait même organisé son transport - et celui de deux Vikens qu'il avait choisi pour m'épouser - directement sur Viken United afin de me rencontrer.

Je pensai au lit dans lequel j'avais eu tant de mal à

m'endormir à l'autre bout du palais. Je serais dans ce lit avec eux tout à l'heure. Tous les trois, d'après Leah, notre partie de jambes en l'air promettait d'être endiablée.

Je léchai mes lèvres, soudainement en panique. J'étais loin d'être enthousiaste. J'avais envie d'être possédée par trois hommes virils et empressés. Des Vikens, c'était vraiment mon style. Mais il n'y en avait que trois que je voulais vraiment. Alarr, Teig et Oran. Fallait être sacrément idiote pour désirer trois Vikens menteurs ?

Ma chatte me faisait mal et mes tétons durcissaient à l'idée de ce qu'ils m'avaient fait, des réminiscences du passé me revenait, mon corps s'embrasait.

« Et merde, » murmurai-je. Rencontrer ces trois nouveaux mecs m'excitait et me perturbait à la fois. Non. C'était sûrement à cause du sperme d'Alarr, Teig et Oran. Mon corps désirait les hommes que j'avais rejetés ? Le sperme de n'importe quel extraterrestre ferait l'affaire ?

« Je suis choquée, Whitney. » J'entendais presque la voix de ma grand-mère me sermonner. Elle aurait eu raison. Penser de la sorte était grossier et indigne de moi. Je ne voulais pas céder. Je garderais ma dignité, peu importe que ma chatte soit douloureuse ou que j'ai le diable au corps à cause de leur sperme.

Peu importe. Ça marchait comment leur truc ? Avais-je simplement envie de bites Vikens, ou de la leur en particulier ?

Le vrombissement s'arrêta, trois hommes gigantesques apparurent comme par magie sur la plate-forme.

« Oh merde, » murmurai-je en les regardant. Ils étaient immenses. Splendides. Sans aucun intérêt. Aucun. J'avais le diable au corps, j'avais envie de sexe, mais pas d'eux.

Ils me contemplaient, virent Leah et s'inclinèrent bien bas.

Elle regarda dans ma direction. « Je vous laisse. C'est plutôt devant vous, qu'ils devraient s'incliner. » Elle me fit un clin d'œil et essaya de sortir de la salle de transport avant même qu'ils ne se redressent. Elle s'arrêta lorsqu'ils s'approchèrent de moi. J'étais contente qu'elle ne m'ait pas laissée seule avec eux.

Ils descendirent les marches pour se poster devant moi. Pour me dévisager avec intérêt, impatience et convoitise. Des Vikens grands, costauds et sexy, chacun portant un uniforme différent, noir, brun et gris.

Tous gigantesques, magnifiques, prêts à m'appartenir.

« Bonjour, Whitney. Je suis Kayson, ton nouveau mari. » Il se posta devant moi et s'agenouilla comme s'il allait me demander en mariage avec un solitaire de trois carats. Au lieu de cela, il prit ma main. Je le laissai faire, même si son contact était... étrange. Pas familier. Il manquait ce petit truc que j'avais ressenti lorsqu'Alarr avait pris ma main dans la sienne.

« Bonjour. » C'est tout ce que je parvins à dire. Je ne savais pas quoi dire. Savait-il qu'il était ma deuxième option ? Qu'au cours des dernières vingt-quatre heures, j'avais baisé comme une sauvage, que j'avais joui grâce aux bites de trois autres Vikens ? Qu'allait-il imaginer ? Et moi ? Quelle bordel !

Il soutint mon regard un instant, son regard chaud et ambré, ses cheveux brun doré étaient complètement différents de ceux de mes trois partenaires. Une différence de taille.

Il regarda par-dessus son épaule, tint ma main et

adressa un signe de tête aux deux autres pour qu'ils avancent. « Tes partenaires. Geros et Mal. »

Ils s'agenouillèrent à leur tour, tête baissée.

La différence entre cette rencontre et celle avec Alarr sautait aux yeux. Alarr m'avait touchée. S'était immiscé dans mon intimité. J'avais frissonné de désir, j'avais eu envie de lui sur le champ. Oran l'avait immédiatement remarqué, avait demandé une cape alors que j'avais à peine tressailli. Et Teig ? Son baiser m'avait aidé à oublier ma peur.

Mais eux ? C'était comme s'ils s'inclinaient devant une princesse, comme si j'étais fragile, en cristal, sur le point de me briser. C'était peut-être le cas, d'ailleurs.

« Je vous avais dit qu'ils s'inclineraient devant vous, » dit la reine Leah derrière moi. Je sursautai, effrayée. J'avais oublié sa présence.

Kayson caressait le dos de ma main de son pouce d'un geste apaisant mais resta agenouillé devant moi. « On m'a dit que tu avais été déçue par ton premier mari, Whitney. Par sa trahison. Je fais le serment ici-même de ne jamais te mentir ni te tromper. Nous jurons que ta sécurité, ton bonheur et ton plaisir passeront en premier en tout et pour tout à partir d'aujourd'hui et jusqu'à ce que la mort nous sépare. »

Putain de bordel de merde. Waouh. Il savait exactement quoi dire, quels étaient mes préoccupations. La gardienne Egara lui avait dit ce qui s'était passé ? Ou était-ce dans sa nature ? Ma vision des extraterrestres ? Des hommes d'honneur ? Dévoués ? Possessifs ? Et pas moches du tout en plus. Ils étaient tous sexy comme pas deux. Si je n'avais pas rencontré Alarr, Oran et Teig en premier, aucun doute que j'aurais été aux anges avec Kayson et les deux autres.

Et maintenant ? Je n'en étais pas sûre. Mais je n'étais pas prête à renoncer à cette nouvelle vie. Je ne voulais pas retourner sur Terre, bien que soit impossible. Je ne voulais pas échouer. Je ne pouvais pas rentrer chez moi. J'étais désormais ici chez moi. Et ces hommes étaient mes nouveaux partenaires.

Je regardai Leah. « Je ne me sens pas prête. »

Mon nouveau compagnon se releva et tourna doucement ma tête vers lui à l'aide de deux doigts. Je dus lever les yeux, très haut, encore plus haut qu'avec Alarr.

« Nous attendrons jusqu'à ce que tu sois prête, femme. Nous te donnerons tout ce dont tu as besoin. Nous t'appartenons. »

Oh, mon Dieu. Qu'est-ce que j'allais faire maintenant ?

Il était magnifique. Parfait.

Pourtant, je ne voulais pas de lui ni des deux autres. Pas du tout.

Leah posa sa main sur mon épaule. « Prenez votre temps, Whitney. Tout va bien. » Elle serra mon épaule et lâcha prise. « Eh bien, je suppose que le moment est venu de discuter et apprendre à se connaître. Suivez-moi dans les jardins. Je vais commander un brunch. »

Kayson posa sa main au bas de mon dos et m'escorta tandis que je suivais notre reine. Mes deux autres compagnons nous emboîtèrent le pas. J'étais avec la reine, ses gardes et mes trois nouveaux partenaires. Ma meilleure amie était la reine de la planète. J'étais protégée par une forteresse et plus de gardes que je n'en avais jamais vu. Protégée et en sécurité.

J'imaginais Alarr sur cette plateforme de transport, agenouillé devant moi et implorant mon pardon dès que je fermais les yeux. J'imaginais Oran et Teig à genoux derrière lui, jurant ne plus jamais me mentir. J'imaginais que la main dans mon dos était celle d'Alarr, qu'il était là, m'aimait, répondait à mes attentes, l'homme idéal.

Je le détestais d'autant plus.

10

Alarr, Viken United, Salle de transport

Nous étions descendus de la plate-forme de transport directement dans le palais de Viken United et avions été accueillis non pas par les gardes du roi, comme je m'y attendais, mais par les trois rois eux-mêmes. Des triplés identiques, leurs uniformes de couleurs différentes et la longueur de leurs cheveux les rendaient plus facilement identifiables—issus d'un secteur différent. Ils franchirent la porte coulissante, leurs regards désapprobateurs étaient identiques. Oran, Teig et moi nous arrêtâmes net et descendîmes de la plate-forme pour effectuer une révérence. Les rois paraissaient mécontents de nous voir. Je subodorai que notre femme n'avait pas du parler de nous en bien à la Reine Leah. C'était mérité.

La formalité des salutations accomplie, je me redressai et croisai le regard du Roi Drogan, le seul des trois à avoir rencontré Whitney en personne lors de son séjour au club de vacances Trixon. « Je suis surpris de ne pas voir de gardes prêts à nous conduire en prison pour ce que nous avons fait subir à notre femme. »

Le Roi Tor haussa un sourcil. « J'ai appris que le Commandant Hélion vous avait enfermés tous les trois dans la cellule des Renseignements. Vous avez déjà passé plus de temps qu'il n'en faut en prison. Votre absence n'est pas une punition pour vous, mais rend la situation difficile pour votre femme.

– Notre absence était malheureusement inévitable. Nous avons cependant fourni au Docteur Hélion ce dont il avait besoin. Le débriefing de la mission est terminé, son rapport devrait vous parvenir d'ici quelques jours. Notre rôle dans cette mission s'achève. Nous sommes libres de récupérer notre femme. Et Whitney *est* notre épouse. Nous sommes venus pour la ramener à bord du Cuirassé Zeus. » Je tenais à que notre présence ici soit bien claire. Nous étions venus pour Whitney, nous ne quitterons pas Viken United sans elle.

Le Roi Tor, avec son regard perçant et son attitude énergique, fit un pas en avant. « Elle n'est plus votre femme. Elle a contacté le Programme des épouses interstellaire sur Terre et a formellement rejeté votre union, Capitaine Alarr. »

Je serrai les poings, prêt à le frapper au visage pour avoir osé prononcer ces paroles, mais il poursuivit. La suite me fit l'effet d'un coup de poignard en plein cœur.

« Un nouveau partenaire vient d'arriver pour l'épouser. »

Je me tournai vers Oran et Teig, tous deux aussi affligés que moi. Hélion nous avait fait perdre un temps précieux. Nous aurions pu nous justifier, nous excuser si nous l'avions rattrapée en temps voulu.

Je secouai lentement la tête, sans le quitter des yeux. « C'est moi qu'elle a épousé. Elle est à *moi*. Nous l'avons mal traitée et devons nous excuser. Nous allons arranger les choses et la posséder comme nous aurions dû le faire depuis son arrivée. »

Le Roi Drogan rit, bras croisés sur sa poitrine. « Des excuses ne suffiront pas. Il vous faudra ramper.

– La supplier également, ajouta le roi Lev. Si votre femme ressemble un tant soit peu à la Reine Leah, préparez-vous à implorer son pardon. Les Terriennes sont des passionnées, comme vous le savez sans doute. Cette passion se traduit malheureusement de façon véhémente au quotidien.

– Vous la supplierez. Vous ramperez devant elle. Repentez-vous. Et encore, cela risque de ne pas s'avérer suffisant, lança le roi Tor, son irritation à notre égard étant évidente. Vous avez trahi une Terrienne. Faites-nous confiance quand nous vous disons que son pardon ne sera pas aisé. Vous avez désormais trois nouveaux partenaires avec lesquels rivaliser pour reconquérir son affection. »

Je fis un pas vers le Roi Tor mais il ne bougea pas d'un pouce, pas inquiet par mon avancée ni par la menace que je pouvais représenter. Je n'étais pas une menace pour lui à vrai dire. J'étais un homme qui avait perdu sa femme en raison d'un concours de circonstances indépendant de ma volonté. Je voulais avoir une chance de réparer mon erreur, mais ce ne serait pas facile. Pratiquement impossible même. D'après le roi, Whitney et moi n'étions plus officiellement mariés. Je n'avais aucun droit sur elle, aucun droit de la poursuivre. De la toucher. De lui donner du plaisir. De la protéger. D'après le protocole, elle n'était plus ma femme. Nous conformer aux ordres — suivre les ordres et obéir aux les règles établies — nous avait mené à ce gâchis.

Si Hélion ne nous avait pas ordonné de rester à couvert, de nous taire, d'utiliser Whitney pour la mission, nous n'en serions pas là. Nous serions au lit avec elle, en train de baiser. Non, on l'aurait déjà fait. Elle ne douterait pas de notre amour ni de notre dévouement. Nous ne lui procurerions que du plaisir, pour qu'elle soit la plus heureuse des femmes de la planète. De tout ce putain d'univers.

Non. Non. Tout n'était pas de la faute d'Hélion. C'était également la nôtre. Nous aurions pu le défier, dire à Whitney la vérité quant à notre mission sur Trixon. La connaissant, vu le peu de temps que nous avions passé ensemble, il était désormais clair qu'elle aurait compris. « Nous aurions peut-être dû lui dire la vérité, mais sa sécurité était notre priorité absolue, moins elle en savait, plus elle était en sécurité.

– Nous comprenons votre raisonnement, Capitaine. » Le Roi Drogan pencha la tête. « A vous de convaincre Whitney. »

Je remarquai qu'il ne parlait pas d'elle comme ma femme, mais par son prénom. Je compris que la décision de Whitney concernant son avenir était inébranlable.

Elle comprendrait certainement que nous avions agi ainsi pour la protéger. Sauf qu'elle n'avait pas toujours été en sécurité, parce que nous ne lui avions pas avoué la vérité. J'aurais dû savoir, en tant que mari, que nous étions faits l'un pour l'autre, qu'elle serait ma confidente. Digne de confiance.

Au lieu de cela, nos mensonges l'avaient poussée dans les bras de l'ennemi, elle avait été capturée par des trafiquants de la faction criminelle Cerberus de Rogue 5. Mon sang se figea de peur et de honte.

« Qui sont ces nouveaux partenaires ? Ils ont peut-être été choisis grâce au test, mais ne sont pas les partenaires originels, décréta Oran. Alarr est le partenaire initialement choisi pour Whitney. Une compatibilité idéale. Elle nous appartient, même s'ils essaient de la convaincre du contraire.

– La question n'est pas de savoir qui est arrivé en premier, » rappela Le Roi Drogan.

J'en déduisis que Whitney devait toujours passer en priorité. On s'était plantés en beauté.

« Le choix lui appartient. L'avenir de Whitney est en jeu. Son bonheur. Vous ne comprenez pas l'ampleur de ce que vous avez fait en la vexant, ajouta le roi Lev.

– Nous lui avons menti. Nous l'avons utilisée comme couverture pour notre mission d'infiltration, expliqua Teig, bien que les rois le sachent déjà.

– Vous avez fait bien pire, j'en ai peur, déclara le Roi Drogan avant de faire un signe de tête au Roi Lev. Montre-leur. »

Nous montrer quoi ? Les rois étaient suffisamment au fait du trafic d'armes et de notre mission pour y mettre un terme. Viken était leur planète. Même le Docteur Hélion n'aurait pas mené une opération de plusieurs mois sur une planète civile pacifique sans communiquer avec les trois rois. D'autant que ces trois rois avaient grandi une fois les guerres de secteurs achevées. Séparés à la naissance, ils avaient survécu. Prospéré. Chacun d'eux, désormais puissant, dirigeait son propre secteur avant que la Reine Leah n'arrive pour les unir - et unifier notre planète. Ils n'étaient ni stupides ni téméraires. Le ton employé m'emplit de terreur et d'effroi.

Le Roi Tor se dirigea vers le technicien chargé du transport. « Laissez-nous, s'il vous plaît. »

L'homme s'inclina et partit sans un mot. Le Roi Tor consulta le pupitre de commandes comme un vrai technicien. Au bout d'un moment, il indiqua l'écran de communication sur le mur du menton, un mur d'images s'afficha.

« Que vous a raconté Whitney à propos de sa vie sur Terre ? demanda-t-il en se retournant pour nous regarder tous les trois.

– Pas grand-chose, avouai-je. Nous étions... occupés. »

Nous étions de jeunes mariés Vikens, trois hommes et une femme. Je n'avais pas besoin de lui expliquer ce que j'entendais par « *occupés* ».

« Alors regardez ces images de Terre. Découvrez la vie de Whitney. Voyez la vérité en face. »

Nous étions tous les trois fascinés par ces images venues tout droit de Terre. Des hommes et des femmes s'adressaient à l'écran, des hommes menottés, Whitney et sa famille portant d'étranges vêtements terriens. Leurs noms apparaissaient à l'écran. De courts descriptifs au bas de l'écran, reprenant en écho les paroles du présentateur.

Le déroulement des faits, les uns après les autres, semblaient avoir été diffusés en continu pendant deux ans. Je commençais tout doucement à comprendre. Le père et le frère de Whitney avaient escroqué des innocents, détourné leur argent âprement gagné. La notion d'argent était différente sur Terre comparé à Viken, mais je saisissais le concept. Des escrocs. Des voleurs.

Whitney avait été interrogée parce que la plupart des victimes faisaient partie de ses connaissances. Son père et son frère l'avaient utilisée, ainsi que ses relations, dans une sorte d'université, afin d'attirer des personnes fortunées et mener leur projet à bien.

Ses propres père et frère lui avaient menti. Ils l'avaient utilisée pour commettre un crime. L'avaient forcée à subir opprobre et humiliation.

Qu'elle soit innocentée n'avait aucune importance, tout un pays lui en voulait, elle et sa famille, pour ce qu'ils avaient fait. De nombreux médias la détestaient simplement pour ses liens avec deux hommes abjects qui lui avaient menti et s'étaient servi d'elle, deux hommes qu'elle aimait et en qui elle avait confiance. Des hommes *censés l'aimer et la protéger*.

« Putain, quels abrutis, déclara Oran lorsque le Roi Tor interrompit la diffusion des images.

– Son père ? Son frère ? Et ils ont fait ça sous son nez, » ajouta Teig.

Ils me dévisagèrent.

« Nous avons fait strictement la même chose. » Je me détestais d'autant plus. « Nous suivions les ordres, mais avons quand même menti à notre femme. Nous l'avons piégée alors qu'elle était innocente et ignorante.

– Pire que cela, renchérit Oran. Nous l'avons utilisée, comme son père.

– C'est exact, déclara le Roi Drogan. Elle est venue de bonne foi, décidée à prendre un nouveau départ, à se permettre de vous aimer. »

J'étais à deux doigts de vomir.

« Nous avons demandé à Leah de parler avec elle, pour essayer de lui expliquer. » Le Roi Lev s'éclaircit la gorge. « Mais Whitney refuse de connaître vos motivations. Elle souffre, notamment de par votre trop grande *implication* dans votre mission. »

Je baissai la tête et fixais le sol métallique. « Merde.

– Je confirme, » répondit le Roi Tor.

Nous avions fait du tort à Whitney à bien des égards. Nous avions manipulé son esprit, son corps... son cœur pour la blesser. Nous avions menti. Trompé. Utilisé. Oui, nous avions suivi les ordres, mais la peine de Whitney ne diminuait pas pour autant. Nous aurions dû lui faire confiance, comme elle nous avait fait confiance. Depuis le premier jour, le premier instant. La confiance était le facteur clé. Elle ne serait pas la femme idéale si elle n'était pas respectable. Courageuse. Digne à tous égards d'être ma femme.

Je pris une profonde inspiration et décrétais « Je vous autorise à nous abattre pour notre stupidité, mais nous devons d'abord nous excuser auprès d'elle. »

Je jetai un coup d'œil à Oran et Teig, qui approuvèrent.

« Vous tuer serait la solution de facilité, déclara le Roi Tor. Vous êtes d'honorables Vikens. Je vous connais depuis des années, tous les trois. Vous êtes de jeunes mariés, vous réfléchissez non pas avec votre cerveau, mais avec vos bites. Vos cœurs.

– C'est exact, ajouta le Roi Drogan. Vous la protégiez de votre mission dangereuse. Nous comprenons, comme tout homme de la Coalition. Mais vous n'avez pas épousé un combattant de la Coalition. Votre femme était Whitney, elle voit les choses sous un autre angle. Son point de vue est le seul qui doive importer pour vous désormais. »

Le Roi Tor acquiesça. « Votre femme passe avant tout. Ce qu'elle ressent. Ce qu'elle pense. Ce qu'elle aime. »

Je ne saurais être plus d'accord. *Raison* pour laquelle nous devions la voir. « Conduisez-nous jusqu'à elle.

– C'est impossible. Une femme Viken éconduite est une vraie diablesse. Que dire d'une Terrienne ? confessa le Roi Tor, en secouant lentement la tête. Mieux vaudrait vous abattre sur le champ.

– Le dieu terrien de Leah leur viendra peut-être en aide, » grommela le Roi Lev, je ne savais pas s'il plaisantait ou était sérieux.

Je savais qu'ils avaient raison. Nous avions participé à de nombreuses missions, pour la Coalition et les Renseignements. Nous nous étions entraînés, exercés. Nous avions combattu. Survécu. Ces épreuves n'étaient rien en comparaison.

Nous étions prêts à nous battre pour Whitney. Un combat pour notre union, pour notre avenir. Pour que l'amour triomphe.

Un combat que nous ne voulions pas perdre, le seul cœur valant la peine d'être protégé était celui de Whitney. Qu'il demeure intact, avec ou sans nous.

Je regardai les rois à tour de rôle, et m'exprimai sans détour. « Conduisez-nous auprès de notre femme. »

Le Roi Tor secoua une fois de plus la tête en signe de dénégation mais le Roi Drogan prit la parole. « Elle sera informée de votre arrivée, elle se trouve actuellement dans le jardin avec ses nouveaux compagnons.

– Quoi ? » Oran se dirigea vers la porte mais une

escouade de gardes royaux fit immédiatement irruption. Nous allions devoir rester ici, ou nous battre pour sortir.

Cette option suicidaire ne nous permettrait pas de récupérer Whitney.

Le Roi Lev se posta aux côtés de ses frères, les trois hommes étaient impressionnants mis côte à côte. « Vous n'irez nulle part. La décision lui appartient. »

11

hitney

Les jardins entourant le palais étaient magnifiques. Les mets délicieux, le peu que j'en avais goûté du moins. Les trois hommes assis avec moi étaient séduisants et attentifs. Leah s'était avérée un chaperon parfait/ Elle faisait la conversation et posait les questions. Sans elle, je serais restée assise comme une andouille.

Lorsqu'elle se leva pour partir, Kayson, Geros et Mal se levèrent à leur tour et s'inclinèrent devant leur reine, je pris sa main.

« Où allez-vous ? demandai-je, perdue, comme si ces hommes étaient là pour me tuer, et non pour me rendre heureuse.

– Mes rois ont besoin de moi. » Elle jeta un regard avisé vers les hommes. « Ce qui n'est pas votre cas. »

Elle fit volte-face et s'enfuit sans que je puisse lui dire que oui, j'avais besoin d'elle.

Putain !

Pourquoi étais-je pétrifiée à l'idée de rester seule avec trois extraterrestres sexy ? Pourquoi vouloir qu'elle reste ici et veille sur moi pour toujours ? Je n'étais plus la femme courageuse et audacieuse d'alors, installée dans le fauteuil du test, avec la gardienne Egara sur Terre. J'avais fait preuve d'audace ce jour-là. De courage. J'étais résolue à oublier mon passé et repartir de zéro.

Et maintenant ? Maintenant, je me comportais comme une idiote.

Une idiote *raide dingue amoureuse.*

Kayson, Geros et Mal se rassirent. Je ne pouvais pas les regarder. Pas parce que j'avais peur, comme s'ils allaient me faire du mal. J'avais peur de faire leur connaissance, de les aimer. De les désirer. Je ne voulais pas d'eux. J'en aimais un autre - trois autres – mon visage exprimait le désir. Qui clignotait en lettres capitales, comme sur un foutu panneau d'affichage.

« Tu les aimes, n'est-ce pas ? » demanda M. Kayson. « Tes trois anciens maris. »

Oh merde, c'était peut-être encore plus flagrant que je l'imaginais.

Je le regardais droit dans les yeux, un regard tendre. Attentionné. Inquiet.

J'éclatai en sanglots. Des mains douces me soulevèrent, m'installèrent sur ses genoux. Des bras m'entourèrent, appuyèrent ma tête contre une poitrine chaude et rassurante. Je sentais les battements réguliers d'un cœur, sa respiration apaisante. L'essence-même de l'homme.

C'était tout. J'acceptai son réconfort mais ne

succombai pas à son étreinte. Je ne respirai pas son odeur comme si c'était l'oxygène dont j'avais besoin pour survivre. Je le percevais comme un ami, rien de plus. Mais en ce moment, j'avais besoin d'un ami, un ami qui n'avait pas eu la chance d'épouser trois rois extraterrestres sexy. Un ami aussi solitaire et triste que moi. Quelqu'un qui comprenait - peut-être un peu - ce que je vivais.

Ils me parlaient, trois voix différentes, mais je ne savais pas de quoi. Le ton, la cadence douce, me berçait. Je n'avais pas peur. J'étais rassurée. A l'abri. Protégée, bien que le danger qui menaçait venait de moi, du fond de mon cœur.

Les larmes finirent par se tarir et s'arrêter. Je m'arrêtai enfin de pleurer, je ne sais au bout de combien de temps.

« Pardon, » je m'essuyai le visage.

Geros me tendit un verre d'eau, j'en bus une gorgée et le remerciai, la boisson fraîche apaisa ma gorge irritée.

« Tu m'impressionnes, Whitney de Terre, » déclara Kayson. Je levai les yeux et réalisai que j'étais sur ses genoux. Mon Dieu, il était si attirant, si... parfait. Mais pas pour moi.

« Parce que j'ai pleuré sur ton uniforme ? » Le rouge me monta aux joues devant mon comportement.

Il releva mon menton pour que je ne puisse pas détourner le regard. « Pour avoir offert ton cœur à tes époux si vite, si ouvertement. La confiance ne peut se donner que si l'on possède deux traits de caractère, le courage de prendre le risque que quelqu'un puisse te faire du mal, et la confiance de savoir que tu seras suffisamment forte pour survivre. »

Je reniflai. Je ne me sentais pas particulièrement courageuse ou forte à cet instant précis. « J'ai fait confiance à mes époux. J'ai ignoré mon instinct et leur ai fait confiance à tous les trois. Regarde où ça m'a mené.

– Dis-nous ce qui s'est passé. » Geros me prit doucement le verre des mains. « Raconte-nous tout. »

J'écarquillai les yeux et les contemplai tous les trois. « Vous voulez que je vous parle de mes histoires de couple ?

– Nous voulons ton bonheur, répondit Mal. Raconte afin que nous puissions t'aider. Nous savons que tu ne seras pas notre femme. Le test a trouvé une compatibilité avec Kayson, mais ton cœur appartient à d'autres. »

Il avait raison. Je détournai le regard. « Je regrette.

– Mais non, dit Kayson. Nous voulons d'une femme aussi passionnée et dévouée que toi. Nous demanderons certainement à épouser une Terrienne.

– Je ne comprends pas. Je les ai rejetés, je vous appartiens désormais. Du moins, selon le Programme des épouses interstellaires. »

Kayson secoua lentement la tête. « Nous voulons conquérir ton cœur, Whitney. Le test nous a peut-être réunis, mais si ton cœur n'est pas libre de nous aimer, notre union ne te rendra pas heureuse.

– Je suis—

« Ne dis plus jamais ça, ajouta Geros. Tu n'as aucune raison d'être désolée. Dis-nous ce qui s'est passé. »

Ces trois mecs étaient des types bien. Vraiment bien. Ils me regardaient avec sérieux, avec une attention laissant supposer que j'étais le centre de leur univers à cet instant précis. Je leur racontai tout. Enfin presque, je savais qu'ils comprendraient — les non-dits coquins, sexy, torrides, en sueur, le désir fou.

« Tes maris bossent donc pour les Renseignements. »

J'acquiesçai pour confirmer les dires de Geros. « C'est ce que la Reine Leah m'a appris dès mon arrivée.

– Tu m'impressionnes. Tu viens d'arriver sur Viken voilà quelques jours à peine. Tu connais les Renseignements ? La mission des serviteurs de la Flotte ? »

Je haussai les épaules. « Je pense que oui. Comme des espions ? Comme la CIA sur Terre.

– Je ne connais pas la CIA, mais le service des Renseignements n'est pas aussi simple que tu le crois. Certains recueillent des renseignements. Beaucoup se voient confier des missions dangereuses sur le terrain, pénétrer les lignes ennemies, sauver des otages ou des dignitaires. Ils courent un danger, sont très compétents et jouissent d'une grande confiance. On ne demande pas à servir dans les Renseignements, ceux sont eux qui recrutent les meilleurs. Parce qu'ils sont dangereux et hautement qualifiés. Ils prennent plus de risques que quiconque. Ils sont envoyés dans les endroits les plus dangereux et les plus menaçants. Ils protègent l'ensemble de la Flotte et recueillent des renseignements. Des espions oui, mais des espions guerriers. »

La lumière jaillit. « Putain de merde. Les Forces spéciales.

– Je ne connais pas ce terme. Une chose est sûre, tes époux sont des hommes d'honneur.

– Ce ne sont plus mes maris. Plus maintenant. »

Kayson secoua la tête. « Tu peux toujours te voiler la face mais nous connaissons la vérité aussi bien que toi. Tu aimes tes maris. »

Je réalisai que j'étais toujours assise sur ses genoux sans bouger. J'étais amoureuse de trois autres hommes et j'étais dans ses bras, à bavarder comme si je le connaissais depuis toujours. C'était hyper bizarre ! Je descendis et fis les cent pas, oubliant les mets délicieux.

« Ils m'ont menti.

– S'ils étaient sur Terre et faisaient partie de cette... CIA dont tu parles, commença Mal. Mentiraient-ils pour te protéger ? »

Je songeai à la CIA, aux films relatant leurs opérations secrètes. Je pensai aux Commandos qui partaient à la guerre sans pouvoir dire à leur famille où ils allaient, seulement dans un pays dont le nom se terminait par -stan ou avec du sable.

« Probablement.

– Pourquoi ? demanda Mal.

– Parce qu'ils n'ont pas le droit et parce que si je le savais, ça pourrait être dangereux pour eux et moi. »

Les trois hommes gardèrent le silence mais m'observèrent attentivement pendant que je réfléchissais à voix haute.

« Mais ils... ils se sont servis de moi. Ils ont couché avec moi pour me distraire. J'ai même entendu l'un d'eux dire que ma présence avait été utile pour accéder à d'autres endroits du club de vacances. » C'était hyper embarrassant, je détournai le regard.

« Je suis sûr qu'ils avaient eux aussi la tête ailleurs, » affirma Kayson.

Je me tournai alors vers lui. Son regard était chaleureux, je lui en étais reconnaissante. Grâce à lui je me sentais belle... respectable. « Tu es incroyablement belle, Whitney. Je doute fort qu'ils aient fait l'amour avec toi par devoir. Te toucher sans ressentir de désir sincère est tout bonnement impossible. »

Ego quand tu nous tiens !

« Oui, si j'avais une femme comme toi, je ne serais pas pressé de partir en mission, Renseignements ou pas, ajouta Geros. Je détesterais devoir te quitter, surtout en tant que jeunes mariés. »

Le commentaire de Geros me donnait à réfléchir. Était-ce possible ? Mes mari n'avaient pas vraiment envie de me laisser ? Redoutaient-ils de partir en mission, ils auraient préféré rester avec moi ?

« Mais ils ne m'ont jamais possédée tous les trois en même temps. Leah... la Reine Leah m'a dit que c'était le cas lors d'un vrai mariage. »

Kayson acquiesça. « C'est exact. Ils ne t'ont peut-être pas possédée ensemble parce qu'ils n'avaient pas achevé leur mission. Te posséder ensemble les auraient peut-être distraits de leur mission, les auraient rendu vulnérables. Peut-être, chère Whitney, que te laisser sans protection pendant qu'ils te possédaient se serait avéré imprudent.

– Ils m'ont bien laissée seule, la nuit où j'ai trouvé le disque.

– Et que s'est-il passé cette nuit-là ? Seule et sans personne pour te protéger ? »

J'avais trouvé le disque, fait de terribles suppositions et m'étais jetée tout droit dans la gueule du loup. « J'ai trouvé le disque et essayé de l'amener sur Viken United.

– Oui, Whitney. Mais où étaient-ils ? Qu'est-ce qui était si important pour qu'ils courent le risque de te laisser seule ? »

Oh, merde. Je restai bouche bée. « Ils étaient là, quand Clive m'a entraînée vers le vaisseau, ils étaient déjà sur site.

– En train d'essayer de coffrer l'ennemi et accomplir leur mission une bonne fois pour toutes. C'était la seule façon de s'assurer que tu sois enfin en sécurité. Que se serait-il passé si tu étais restée dans ta cabane ? »

Je réfléchis cinq bonnes secondes. Je me serais blottie dans mon lit, endormie et réveillée tranquillement. Puis, ils seraient revenus me voir, m'auraient baisée et seraient repartis. Je n'aurais jamais su ce qui s'était passé. « Mon Dieu, pourquoi es-tu aussi perspicace ? »

Kayson esquissa un sourire et haussa légèrement ses larges épaules. « On voit toujours le brin paille dans l'œil du voisin mais jamais la poutre dans le sien. Ils t'attendaient ?

– Tu veux dire, est-ce que cette union les as surpris ? demandai-je, perplexe.

– Oui. J'étais à l'autre bout de la planète quand on m'a appris que j'allais me marier. Je n'ai eu que peu de temps pour me rendre au terminal le plus proche, sans parler de parvenir à contacter Mal et Geros. »

Je songeai à Alarr, Oran et Teig en pleine mission des Renseignements à Trixon, apprenant soudain qu'Alarr était marié. Ils n'avaient pas été prévenus. Je m'étais installée dans le fauteuil du centre de recrutement, et quelques minutes plus tard ? Whoosh. Envolée. A travers la galaxie. Partie. « Je ne sais pas. Je suis allée au centre de recrutement en tant que volontaire. J'avais planifié le voyage. Je savais que je partais. Les tests terminés, j'ai rapidement trouvé mon alter ego et je suis partie. Mais je m'y étais préparée.

– L'expérience est totalement différente du point de vue masculin, » affirma Kayson.

Je me rassis sur la chaise. Sans blague. Je n'avais même pas songé au fait que mon arrivée avait été un choc total pour eux. Complètement imprévu. Une surprise.

« Nous sommes éligibles au test de compatibilité après deux années de service au sein de la Coalition. Qu'une épouse soit compatible avec l'un d'entre nous peut prendre des mois, voire des années. J'ai entendu dire que certains hommes étaient en plein combat avec la Ruche lorsqu'ils ont reçu l'information. D'autres dormaient. D'autres servaient sur les cuirassés dans l'univers, loin de leur planète d'origine. J'ai été testé il y a treize mois. J'avais presque oublié que j'avais passé le test. Alors...

– Vous avez été informés de ma présence de but en blanc.

– C'est exact. Donc, ton partenaire initial a non seulement été surpris d'être compatible, mais aussi de l'apprendre au beau milieu d'une mission d'infiltration des Renseignements.

– Kayson, pourquoi prends-tu leur défense ? Tu ne les connais même pas.

– Parce que tu les aimes, Whitney. Et peu importe que tu sois en colère, tu souhaites être avec eux. »

Mon Dieu, avec lui, tout était simple.

« Ils ont eu tort de te mentir, mais réfléchis à la situation, à la mission qu'ils devaient accomplir. » Geros était détendu malgré ses bras croisés. « Tu dois te rendre compte de l'enjeu.

– Je ferai mon possible pour veiller sur toi, » ajouta Mal. Son regard se rétrécit alors que je me tournai vers lui. Son visage était dur, impitoyable. « Je te mentirais, Whitney. Je tricherais, volerais ou tuerais pour assurer ta sécurité. Je suis sûr que tes époux sont des hommes dévoués. »

Kayson acquiesça. « Une épouse est notre bien le plus

précieux. Nous ferions tous n'importe quoi, y compris te mentir et te duper, pour nous assurer qu'il ne t'arrive rien. Jamais.

– Tu veux dire que ce sont des hommes respectables, bien qu'ils m'aient menti ? » demandai-je. Je doutais, pour la première fois, de mon comportement.

« Absolument. Leur priorité était de te protéger, même s'ils savaient que leurs actes pouvaient te blesser émotionnellement parlant, déclara Geros. Physiquement, tu étais en sécurité. C'était tout ce qu'ils pouvaient faire, étant placés sous l'autorité des Renseignements, sans révéler la vérité.

– T'es-tu bien comportée en retour ? » demanda Kayson.

Je fronçais les sourcils. « Je ne les ai pas trompés.

– Non, mais tu as découvert la vérité et t'es enfuie, poursuivit Kayson. Tu t'es enfuie, sans leur permettre de s'expliquer. Vous êtes mariés pour la vie, et tu as rompu ce lien à la première occasion, à la première difficulté.

– A la première occasion ? demandai-je, ma colère grondait. « A la première occasion ? Ce n'était pas la première fois qu'un mec me mentait. Mon père était pire que mes époux. Il avait fait du mal à plus de gens que moi. A des milliers de personnes. Il avait détruit leurs vies. » J'agitai mes mains en l'air, incapable de contenir plus longtemps ma colère. De vieilles blessures s'ouvraient, des blessures encore vives. Il n'en fallait pas plus pour me mettre hors de moi.

« Tu reportes les fautes de ton père sur tes maris, » dit Mal.

Je fis volte-face, ma robe s'enroula autour de mes

chevilles. J'étais abasourdie. Je réfléchis à ce qu'il venait de dire. Merde.

« Tu as rejeté tes maris parce qu'ils t'ont menti, sans connaître la raison, ajouta Kayson. Tu as renoncé à ton droit au bonheur, à l'union idéale, parce que tu n'arrives pas dépasser le mal infligé par ton père ? C'est injuste pour tes partenaires. »

Je préférais me taire, je n'avais pas de réponse. Il avait raison. Ses paroles étaient tout à fait sensées. Merde. J'avais vraiment tout gâché.

« Tu as de la chance de ne pas être notre femme, dit Geros. Je t'aurais fait mettre à genoux pour t'infliger ta punition. »

Je plaquai ma main sur ma poitrine. « Moi ? Pourquoi devrais-je recevoir une fessée ? Je n'ai rien fait de mal ! »

Kayson se leva et s'approcha. « Tu aurais dû leur dire la vérité sur ton passé. T'en ouvrir à eux. Tu l'as fait ? »

Je secouai la tête. « Je n'ai pas eu le temps. » Ce qui n'était pas tout à fait vrai. J'avais passé un long moment à discuter avec Oran, mais je ne lui avais pas tout dit.

« Tu aurais dû leur faire comprendre pourquoi leurs actes te blessaient tant, lorsque tu as appris ce qu'ils faisaient. »

Geros et Mal se levèrent à leur tour. « Tu es peut-être sur Viken, mais tu n'as pas coupé tes liens avec la Terre. Coupe-les, Whitney, pour aller de l'avant. »

Mais de quoi parlait-il ? J'étais volontaire. J'avais été testée. J'avais quitté la Terre. Tout abandonné pour vivre sur Viken. Mais était-ce vrai ? Ces types avaient raison ? Étais-je encore si en colère contre mon père, au point que ma colère déteigne sur tout le reste ? Avais-je détruit mon mariage avec Alarr, Oran et Teig parce que je les croyais aussi malhonnêtes que mon père ?

Je détestais mon père. Mon frère était comme lui. Ils m'avaient anéantie. Il était désormais clair qu'ils exerçaient toujours leur emprise sur moi. Ils gagnaient, même depuis leur cellule.

« Une saleté de pleurnicheuse, c'est ça ? demandai-je, la tête basse. J'ai accusé les autres de mes problèmes. Comme mon père. »

Kayson secoua la tête. « Non, tu es une fille bien, Whitney. Je doute que tu lui ressembles. Mais tu dois laisser filer.

« Comment ?

– Affronte-le. Dis-lui ce que tu as à dire et passe à autre chose.

– Comment ? On est à dix années-lumière. »

Les trois hommes sourirent. « Être amie avec la reine comporte de nombreux avantages. Je suis persuadé qu'elle établira facilement la communication vers une autre planète. »

Il disait vrai. Une demi-heure après, j'étais assise dans le bureau de la Reine Leah devant un grand écran, face à mon père. J'étais choquée. Disparu le père de famille invincible. Envolé le multimillionnaire autodidacte. Le magicien de Wall Street. J'avais devant moi un vieil homme hagard, grisonnant, la peau sur les os, un homme fini.

Je l'avais laissé prendre mon cœur en otage. C'était terminé.

« Bonjour, Père.

– Whitney, ma chérie ? C'est bien toi ? » Il se pencha en avant et me regarda derrière des lunettes rayées, l'uniforme terne de la prison ne mettait pas son teint grisâtre en valeur. Il avait l'air... affaibli. Brisé. Pathétique, vraiment.

« Oui, Papa. C'est moi.

– Où es-tu ? Comment tu vas ?

– Je vais bien. Très bien. Je suis sur une autre planète. J'ai quitté la Terre et me suis portée volontaire dans le cadre du Programme des épouses interstellaires. Je suis sur une planète appelée Viken. » Je lui énonçais les faits d'un ton détaché. Je ne m'attendais pas à ce qu'il s'en préoccupe, pas vraiment. Mais mon père ne réagit pas du tout comme je m'y attendais.

Il éclata en sanglots. « Tu es heureuse, ma chérie ? C'est tout ce qui compte. As-tu trouvé un homme qui prend soin de toi ?

– Oui, pas un mais trois. » Des hommes bons et respectables. Des mecs. Peu importe. « Ils sont gentils, Papa. Je suis heureuse. Je ne reviendrai pas. Dis à maman que je l'aime. »

Il était trop occupé à essuyer ses yeux pour m'écouter, pas assez attentivement pour être scandalisé par la mention de mes trois partenaires. « Ton frère va mal, ma chérie. Un vrai gâchis. Tu comptes l'appeler ? »

Je pensai à mon frère, à toutes ces années que nous avions passées à essayer de nous supporter. Nous n'avions jamais été proches. Je réalisais que je ne l'aimais pas malgré nos liens. Pas vraiment. J'aimais l'idée d'avoir un grand frère, quelqu'un pour me protéger. J'aimais cette idée-là. Mais mon frère ? Un connard. Pur et simple.

« Non. Je ne l'appellerai pas. Je voulais juste te dire que je vais bien. Je suis heureuse.

– Tant mieux. Je suis vraiment content. » Il essuya une larme. « Je le dirai à ta mère. Promis.

– Merci. Je dois te laisser. »

Il hocha la tête et m'envoya un baiser. « Sois heureuse, ma chérie. Vis ta vie. Oublie-moi, et tout ce bordel avec. »

Je mis fin à la communication et fixai l'écran désormais noir. Je me sentais cent fois plus légère. C'était fini. Terminé. J'étais libre. J'avais abandonné pour toujours l'idée d'avoir une famille parfaite, abandonné l'idée de ce que mon père aurait dû être, de ce que mon frère aîné était *censé* signifier pour moi. Combien j'étais *supposée* l'aimer.

La vérité m'apporta une révélation. Je ne lui devais rien. Je ne devais rien à mon père. Et à ma mère ? Rien.

Nous étions du même sang. Ils m'avaient donné la vie mais n'avaient rien fait pour gagner mon amour. Ma loyauté. Ma confiance. J'avais été élevée dans un tissu de mensonges, je n'étais pas comme le reste de ma famille. J'étais différente.

Tout comme mes maris. Je m'en rendais compte maintenant. Ce n'est pas parce qu'ils m'avaient menti qu'ils étaient comme mon père. Avoir une nouvelle perspective était difficile, ma vie n'était que mensonges.

La Reine Leah apparut et s'éclaircit la gorge. « Houston, nous avons un problème. »

Elle attira mon attention et les regards confus des trois Viken présents dans la pièce. « C'est à dire ? »

Elle me souriait. « Prête ou non, j'ai trois hommes Vikens en salle de transport qui menacent de tout mettre en pièces pour vous retrouver.

– Putain de merde. » Mon cœur était une montagne

russe. Alarr. Oran. Teig. Ils étaient venus malgré tout. « Ils sont ici ?

– Oh, oui. Et ils ne se montrent pas très coopérants. Mes hommes essaient de les retenir pour vous laisser — elle regarda Kayson, Geros et Mal — le temps de disparaître. »

Je pensais que Kayson serait en colère, mais il éclata de rire. « Bien joué, ma reine. » Il s'approcha de moi, se pencha et déposa un chaste baiser sur mon front. « Si tu as besoin de quoi que ce soit, sache que je reste près de toi jusqu'à ce que nous te sachions bien installée et choyée. »

Geros grommela derrière lui. « Et dans les règles de l'art, cette fois-ci. »

Mal esquissa une révérence. « Au plaisir, madame. Je suppose que j'ai tort d'espérer que tes partenaires échouent, que tu auras le cœur brisé loin de moi. »

Leah riait. « Je n'en mettrais pas ma main à couper à votre place. » Elle me regarda et me fit un clin d'œil. « Vos mecs sont super sexy... pas un mot à mes époux surtout.

– Nous aussi, on est sexy, » insista Mal.

Je lui souris. « Oui. Mais il faudra attendre la prochaine Terrienne. Je suis déjà prise. »

Kayson s'inclina légèrement et m'indiqua, d'un geste de la main, que je devais suivre Leah et les laisser. Ce que je fis, non sans me retourner pour regarder ces trois hommes qui auraient pu être mes époux. « Tout le plaisir était pour nous. » Kayson m'adressa un regard doux mais déçu. Je comprenais, mais je ne pouvais pas leur offrir mon cœur. Il ne m'appartenait plus. Plus maintenant.

Je me hâtais aux côtés de Leah vers la salle de transport, j'entendis la voix forte d'Alarr.

« Mon roi, c'est inacceptable. Où est-elle ? Vous ne m'empêcherez pas de voir ma femme ! »

Mon corps réagit comme prévu. Le désir bouillait dans mes veines. Je mouillais, j'avais du mal à respirer, l'atmosphère était torride. La débauche. L'amour. Le désir. L'envie. La confiance — oui, la confiance. Tout se mélangeait alors que je me frayais un chemin dans le couloir rempli de gardes royaux et me jetai sur Alarr.

Il m'attrapa et me fit virevolter. Il voulut parler mais je l'embrassai.

« Je regrette. Je n'aurais pas dû m'enfuir. »

Il me plaqua contre lui tandis qu'Oran et Teig se collaient contre nous. J'étais entourée par mes trois partenaires, exactement là où je voulais être.

« Je ne veux pas rester ici une seconde de plus. » Oran effleura ma joue. « Nous sommes basés sur le Cuirassé Zeus. Nos appartements privés sont prêts. Nous accompagnes-tu, Whitney ? »

Je regardai Teig, toujours aussi coquin et délicieusement taquin, et Alarr, mon havre de paix. Il me gardait dans ses bras. J'espérais bien qu'il ne le lâcherait jamais.

« Tu n'es plus ma femme, Whitney. C'est ton choix. Mais si tu nous suis, je jure que nous ne te mentirons plus jamais. Nous comprenons ce que nos mensonges te coûtent, je ne me pardonnerai jamais de t'avoir blessée. »

Il était si grand. Si fort. Alarr. Mon roc, était de retour, je me sentais libre. Courageuse. Forte.

Assez forte pour faire confiance.

« Oui. Je vous accompagne. Seulement si vous promettez de rendre notre union officielle, cette fois-ci. » Je l'embrassai rapidement sur la bouche pour ne pas perdre la tête ou mon sang-froid devant témoins. « Je suis à vous, mes époux. Je jure de vous faire confiance, de ne jamais vous juger sans poser de questions. De ne jamais m'enfuir.

– Jamais, femme. Ou je t'attacherai jusqu'à ce que tu demandes grâce des jours durant. » Je croyais qu'Oran plaisantait, quoique. Mon corps s'en fichait, ses paroles faisaient pointer mes tétons, je mouillais, j'avais envie de lui.

« Promis ? » murmurai-je.

Alarr grommela et regarda le technicien chargé du transport derrière moi. « Transportez-nous à bord du Cuirassé Zeus. Exécution. »

La salle de transport se mit à bourdonner, je serai bientôt ailleurs. N'importe où. Peu importe le lieu, tant que j'étais avec mes époux.

« Au revoir, Whitney ! Donnez-moi des nouvelles ! » Leah hurla les instructions au beau milieu du vacarme ambiant tandis que mes époux m'entouraient, la téléportation démarrait.

12

Whitney, Cuirassé Zeus, Appartements Privés

« Je veux voir le vaisseau, » dis-je en regardant autour de moi.

Nous avions été téléportés à bord du Cuirassé Zeus. On m'avait dit qu'il portait le nom du commandant, un énorme Prillon que mes époux respectaient. Nous étions arrivés, ils s'étaient assurés que je ne sois pas fatiguée après ce troisième transport en trois jours, et m'avaient amenée directement ici.

J'avais déjà vu une salle de transport - loin d'être excitant - une série de couloirs qui se ressemblaient tous, exception faite de la couleur de la bande sur le mur, et l'intérieur de leurs nouveaux appartements. Alarr m'avait dit avoir troqué leurs appartements individuels contre celui-ci, plus grand et destiné à des guerriers mariés. Je ne connaissais pas d'autres races hormis les Vikens et leur mariage à trois, j'imaginais que c'était le plus grand appartement dont ils disposaient.

Il ressemblait à un appartement sur Terre avec un salon et une salle à manger. La cuisine était remplacée par un S-Gen encastré dans le mur, l'espace avait cédé la place à ma vue habituelle sur Central Park. Un espace noir infini, criblé d'un nombre incalculable d'étoiles. Si je regardais sur la gauche, j'apercevais une planète. Une planète tout simple, avec trois lunes et des anneaux comme Saturne. Sauf qu'elle était verte, d'un vert surnaturel. Magnifique. Glaciale. Très lointaine.

Je n'étais pourtant pas seule dans ce vaste univers, sur cet étrange vaisseau, mon nouveau foyer. Whitney Mason de Terre, vivait avec trois extraterrestres sur un vaisseau spatial.

Dingue, non ?

Aussi fou que cela puisse paraître, je pivotai sur mes talons, mes trois extraterrestres étaient bien là.

Je ne pouvais pas m'empêcher de sourire. Ils étaient si différents, et pourtant je les aimais tous.

Alarr, bras croisés sur la poitrine, sûr de lui mais avec ce désir de plaire.

Teig, avec son sourire coquin et sa patience.

Oran, possessif et pas qu'un peu.

Un playboy brun, un dominateur, un mâle alpha roux, un pour tous et tous pour un.

Un uniforme gris, un marron et un noir.

Si différents.

Je m'approchai d'eux, caressai leurs poitrines tour à tour.

Ils n'esquissèrent pas le moindre geste, gardant le silence, respirant à peine.

Ils attendaient.

Moi.

Je portais toujours la robe de Viken. La couleur de leurs uniformes indiquait leur planète natale, ma robe était un signe encore plus flagrant de mon appartenance. Nous avions croisé plusieurs personnes entre la salle de transport et ici, mais j'étais la seule habillée comme si je me rendais à une garden-party, pas à la guerre.

Il ne faisait pas froid sur le vaisseau, mais il ne régnait pas non plus l'air doux et humide de Viken. Je n'aurais pas tenu le coup avec un vêtement aussi léger. Des sous-vêtements seraient probablement les bienvenus.

Vue la façon dont ils me regardaient, je devais m'estimer heureuse de porter cette robe. Ou pas ?

Cette pensée amusante me tira un sourire. Un sourire bénéfique. J'étais avec ces hommes, mes époux. Pour le meilleur ou pour le pire, jusqu'à ce que mort nous sépare. J'avais sauté dans le vide et leur faisais confiance pour me rattraper.

Leurs regards se firent instantanément plus torrides. Leurs regards, qui jusqu'alors contemplaient mon visage, parcoururent mon corps. J'avais chaud — c'était bien moi qui avais dit qu'il faisait froid à bord du vaisseau ? — mes mamelons durcirent. Ma chatte se contractait d'impatience.

« Nous t'avons fait du tort, ma chérie, dit Alarr. Nous n'avons pas encore pu te posséder comme il se doit. Si tu le permets, nous allons y remédier ici-même. »

Quelle formule guindée. Rigide. Je réprimai un sourire parce qu'il était vraiment sérieux. Nous avions discuté du malentendu qui avait marqué le début de notre union. Nous avions dépassé ce stade. En ce qui me concerne, nous avions laissé tout ça derrière nous sur Viken. Nous allions repartir de zéro. Ici. Ensemble.

Il n'aurait pas parlé comme il l'avait fait, à moins qu'il craigne que je refuse, que je m'enfuie à nouveau s'il m'approchait sans montrer son sérieux.

Non, j'en avais assez de fuir. Sauf pour me réfugier dans leurs bras.

« Vous voulez dire que vous avez l'intention de me baiser tous les trois en même temps, sodomie, voie vaginale et fellation ? »

Je n'étais pas prude, mais je n'avais jamais tenu de propos aussi crus de toute ma vie. Je devais prendre les devants. Ils étaient prudents. Attentionnés. Ils attendaient mon accord. Ils me respectez trop pour faire quoi que ce soit sans mon consentement. Il n'y aurait pas de tromperie. Pas de triche ou de mensonge.

Nous saurions tous que c'était pour de vrai, que nous étions tous les quatre ensemble parce que nous voulions former une famille.

Alarr écarquilla les yeux. Teig haussa les sourcils. Oran resta bouche bée.

J'éclatai de rire. J'avais l'impression d'être la seule personne de tout l'univers capable de laisser mes combattants Vikens sur le cul.

« Oh, oui. »

Ils m'adressèrent un clin d'œil tour à tour, le pacte était scellé.

Ils émergèrent de la stupeur dans laquelle je les avais plongés. J'avais rempli mon rôle. J'avais pris les devants, mais maintenant... la balle était dans leur camp.

Alarr s'approcha de moi et caressa ma joue. Oran et

Teig se placèrent de part et d'autre, j'étais cernée. Ils posèrent leurs mains sur mon dos et mes hanches.

« C'est exact, ma chérie. Sais-tu quelle bite sera à chacun de ces endroits ? » demanda Alarr.

J'humectai mes lèvres en entendant sa voix grave et sexy —sa bite protubérante en érection effleurait mon ventre.

« Hum... eh bien, tu vas me sodomiser. Oran sera dans ma chatte et Teig dans ma bouche. »

Teig se pencha et embrassa mon épaule nue. « C'est exact. On ne sera pas seulement *en toi*, ma chérie, on va te posséder centimètre par centimètre.

– Te *posséder*, ajouta Oran. Le plaisir sera peut-être trop intense quand le pouvoir du sperme de tes trois partenaires inondera ton corps. Essaie de ne pas t'évanouir. »

Teig fit glisser la bretelle de ma robe sur mon épaule. Oran fit de même avec l'autre, le vêtement glissa sur ma poitrine et s'arrêta à ma taille. J'étais seins nus.

Alarr se pencha en avant, prit un mamelon dans sa bouche. Je haletai, m'arcboutai. Oran et Teig me maintinrent immobile pendant qu'Alarr me suçait. Chacun d'eux avait un penchant pour un orifice différent, mes seins représentaient la Suisse, un territoire neutre et accueillant ouvert à tous.

Alarr releva — enfin — la tête, Oran prit sa suite, léchait et lavait mes tétons, soupesait mes seins. Les faisait rebondir. Puis ce fut au tour de Teig de les mordiller et tirer doucement tandis qu'Oran maintenait mes mains immobiles dans mon dos, me chuchotait de ne pas bouger. Je gémissais, j'avais trop envie de bouger tandis qu'Alarr suçait un sein et Teig s'occupait de l'autre.

Je perdais la tête, et ils ne faisaient que jouer avec mes tétons.

« Tu nous as manqué, ma chérie, avoua Teig, en m'embrassant l'épaule, le cou, en mordillant derrière mon oreille. Le pouvoir du sperme est-il toujours actif ? Tu souffres ? On t'a fait souffrir ? »

Je secouai la tête, je clignai des yeux. « Pas... plus maintenant. Ça va mieux. »

Oran était perplexe. « Mieux ? Non, pas mieux. Tes maris ont été négligents. Nous allons rectifier le tir séance tenante. »

Alarr et Oran reculèrent, permettant ainsi à Teig de me soulever et me porter dans la chambre et m'allonger sur le plus grand lit que j'ai jamais vu. Je supposais qu'il était destiné à nous accueillir tous les quatre. Je n'avais pas remarqué d'autres chambres lorsque nous étions entrés dans l'appartement, nous allions dormir ensemble, comme sur Viken.

Ou alors, ils me partageraient, *pas du tout* comme sur Viken. Tous les trois. Ensemble. Maintenant.

Teig m'adressa un clin d'œil, ses mains glissèrent sur mes hanches et le long de mes jambes, emportant avec elle la robe légère, me laissant nue.

Trois hommes me contemplaient. Ils dégrafèrent leurs pantalons en chœur, s'approchèrent et se branlèrent. Une petite seconde, avant de se pencher et effleurer ma peau de leurs doigts lisses. Alarr s'attela à un mamelon, Teig à ma cuisse et Oran à ma lèvre inférieure.

Je léchai le bout de son pouce, il était salé. Puis... Bam.

Comme un rail de coke, je sentis la vague monter, la chaleur de leur fameux sperme s'infiltrer en moi.

Je me cambrai, plantai mes pieds dans le lit, fermai les yeux en gémissant.

Et je jouis.

Oui, j'avais eu un orgasme grâce à leur sperme. Je me tortillais devant eux sans raison.

Et ils m'avaient à peine touchée.

J'entendis les vêtements froissés, sentis le lit s'enfoncer sous leur poids à divers endroits.

Tandis que je reprenais mes esprits, leurs mains étaient à nouveau sur moi, me touchaient, me caressaient, m'effleuraient. Six mains qui faisaient monter ma température. J'ignorais qui me touchait et où. Je m'en fichais. Cela n'avait pas d'importance.

C'était le but. Ils me besognaient tous ensemble pour me posséder. Peu importe que les doigts de Teig soient dans ma chatte ou qu'Alarr tire sur mon téton. Les trois ensemble me rendaient folle.

« Je vous en prie, je les suppliais.

– Notre femme a hâte de baiser, » dit Oran.

Alarr était peut-être leur chef hors de la chambre à coucher, mais Oran régnait en maître à l'extérieur. Un mot suffit pour que je mouille. Enfin, que je mouille encore plus.

« Nous devons nous assurer qu'elle est prête. »

J'écarquillai les yeux. « Prête ? Je suis plus que prête.

– Tu veux décider du moment où on va te baiser ? » Oran glissa un doigt dans ma chatte. Puis deux.

Je gémis. Encore. J'avais trop envie …

Trois.

Je m'arcboutai sous sa caresse, mais il secoua la tête. « Alarr, plaque-la. »

Mes cheveux s'étalaient sur le lit. Je secouai la tête de

droite à gauche, Alarr avait plaqué son bras musclé sur mes hanches, m'immobilisant. Je ne pouvais pas bouger, onduler des hanches, me mettre sur le côté. Et j'aimais ça. J'aimais qu'Oran fasse ce qu'il voulait de moi. Qu'Oran puisse ordonner à Alarr de me sodomiser, tout en enfouissant ses doigts au plus profond de mon vagin.

Mon esprit s'emballait devant tant de possibilités, chacune m'excitait d'autant plus.

« S'il te plaît. » J'étais ailleurs. Complètement ailleurs.

Oran commençait à peine. « Teig, suce ce mamelon. Frotte ton sperme sur l'autre. Je veux sentir sa chatte se contracter sur mes doigts. »

Teig obéit aux ordres, je ne reconnus pas le son de ma voix, la sensation éprouvée par mes tétons irradiait mon corps jusqu'à mon clitoris, comme des éclairs.

« Tu as décidé si on pouvait te baiser, mon amour ?

– Non, » chuchotai-je.

Oran retira presque ses doigts de mon corps, puis les enfonça lentement, plus profondément, effleurant le col de mon utérus du bout des doigts, la sensation était étrange, érotique et ...

« Non, monsieur, ordonna Oran. Whitney, fais ce que je te dis, et tu seras récompensée. »

Ma chatte se referma sur ses doigts comme un étau. Il gémit.

« Oui, monsieur. S'il vous plaît. Monsieur. Maître. Amant. Partenaire. » Je l'appelai comme il voulait. Tout ce qu'il voulait. Je lisais des romans d'amour. Je regardais des films pornos. Je savais quels genres de mots les hommes dominants aimaient sur Terre. Je les lui débitais aisément. Ils lui allaient tous comme un gant.

« Je n'en peux plus, Oran. Tu joueras à tes petits jeux

plus tard. » Alarr se déplaça, saisit mes hanches et me fit rouler. Je me retrouvai à quatre pattes.

Oran ne répondit pas, il s'allongea sur le dos à l'endroit que j'occupais précédemment, puis m'attrapa et me souleva comme si je pesais le poids d'une plume afin que je le chevauche. Sa bite se lovait contre ma chatte. J'étais si mouillée que je glissai sur sa queue en érection. Je gémis en sentant son sperme sur ma peau, me contorsionnais. Je voulais le sentir en moi.

Maintenant.

Oran souriait alors que je le regardais. Il savait ce qu'il faisait, il me torturait. Il bandait comme un taureau. Il ne devait pas être très à l'aise.

Il m'attira pour m'embrasser. Nos corps se plaquèrent l'un contre l'autre. Son énorme gland s'enfonça dans ma chatte d'un seul coup de rein.

Je haletai contre ses lèvres, puis, le repoussai et l'attirai profondément en moi en l'enserrant entre genoux.

Je relevai la tête et haletai au contact de sa peau, m'ouvrais, me dilatais. Mon Dieu, il était énorme.

Alarr allait lui aussi me pénétrer ? Je me contractai, arrachant un gémissement à Oran.

« Tu as ma bite à toi, il est temps pour Alarr de te préparer, » dit Oran, la voix rauque, toujours en moi.

Je poussai un cri lorsque les doigts d'Alarr encerclèrent mon anus. Je ne l'avais pas vu prendre de lubrifiant, mais ses doigts glissants faciliteraient le passage. Son doigt glissa en moi aisément. Je poussai pourtant un gémissement. Bien qu'ils m'aient déjà dilatée, c'était toujours aussi surprenant, la sensation de cette intrusion était très différente avec la bite d'Oran en moi, alors que je le chevauchais. Nouvelle.

Mais ce n'était pas un jeu mais des *préliminaires*. Oran posa sa main sur ma nuque et m'attira contre lui, écarta mes genoux, ménageant de l'espace pour Alarr.

Je criai lorsqu'Alarr introduisit un autre doigt, les écartait pour me dilater encore plus. Je savais que la bite d'Alarr était aussi grosse que celle d'Oran, mais ma chatte était habituée à sa taille.

Mon cul ? J'allais bientôt y passer.

« On va l'entendre crier jusqu'en salle des machines, » dit Teig en bougeant. Il s'agenouilla à côté de nos têtes, sa bite à quelques centimètres de moi.

Je me tournai et aperçus la perle de sperme crémeux sur son gland. Je me penchai et la léchai. Cette simple goutte me fit jouir. Je me contractais sur la bite d'Oran et les doigts d'Alarr. Mais Alarr n'était pas troublé par les soubresauts rythmiques de mes muscles vaginaux, il profitait de cette vague de désir pour enfoncer complètement ses doigts. Pas deux, mais trois. Je me sentais pleine. Bourrée. Tellement... incroyable.

« Oui, son plaisir nous appartient, décréta Alarr. Et si tu faisais une fellation à Teig histoire de te taire, ma chérie ? »

Teig ondula un peu plus des hanches. J'ouvris grand la bouche pour l'accueillir. Le sentir sur ma langue était divin. Il se mit lentement et prudemment à baiser ma bouche. Ma langue et ma gorge vibraient de désir, d'envie, grâce au pouvoir du sperme. Encore. Et encore.

Je poussai un cri lorsqu'Alarr se retira de mon cul, soudainement vide. Mais cela ne dura qu'un temps, je sentis sa bite se presser contre moi afin de gagner du terrain. Il était si glissant, le lubrifiant spatial formidable avait facilité sa pénétration dans cet orifice vierge.

Il franchit le muscle circulaire qu'il avait dilaté à l'aide de ses doigts, puis, commença à me pénétrer lentement, s'enfonça profondément, encore plus profondément. Et s'arrêta enfin.

Oh mon Dieu. Je ne pouvais pas parler, j'avais la bouche pleine avec la bite de Teig.

J'étais pleine de partout. Oran et Alarr se mirent à onduler, me baisant en cadence. Tellement pleine. Putain de merde, j'étais littéralement bourrée de bites de tous côtés.

Leurs respirations saccadées, un grognement ou une prise bien ferme me laissaient supposer qu'ils étaient aussi bouleversés que moi.

« Tu nous appartiens, ma femme, dit Alarr, sans cesser ses coups de rein en me pilonnant par derrière.

– A nous trois, ajouta Oran. Tu vois ? Nous ne formons qu'un. C'est grâce à toi. Tu nous rassembles. »

Teig caressa mes cheveux en s'enfonçant un peu plus profondément, son gland effleurait le haut de ma gorge. « Tu nous donnes du plaisir, il est temps de t'en donner en retour.

– Lâche-toi, ma chérie, ordonna Alarr.

– Vas-y, ajouta Oran.

– Nous allons te posséder. Quand tu te réveilleras, nous serons là. Nous serons toujours là, » dit Teig.

Me réveiller ? Je n'eus pas eu le temps ou l'énergie de me poser la question parce que j'allais jouir. J'allais avoir un orgasme. Mon clitoris frottait contre le bassin d'Oran. Son gland frottait mon point G. Mon cul, mon Dieu, certaines terminaisons nerveuses se réveillèrent grâce aux coups de boutoir d'Alarr, je partis en vrille. Sans oublier la bite épaisse de Teig dans ma bouche, sachant que je leur donnais à tous du plaisir, qu'ils me donnaient ce dont j'avais envie depuis le premier instant où je les avais vus... c'était trop.

C'était ce dont Leah avait parlé. Le plaisir était vraiment intense. Me savoir aimée, désirée, choyée, j'étais au nirvana.

J'étais exactement là où je voulais être. Je gémis et frissonnais.

Leurs queues s'élargissaient, puis, leur sperme chaud et épais m'envahit. Chatte, bouche et cul.

Le pouvoir du sperme me submergeait. Un triple assaut, comme eux, mes trois époux.

Je fis ce qu'Oran avait prédit. Je m'évanouis. La dernière chose à laquelle je pensai avant de sombrer et me laisser emporter dans ce tourbillon de plaisir intense, fut savoir que mes époux seraient présents à mon réveil.

Pour toujours.

CONTENU SUPPLÉMENTAIRE

Pas d'inquiétude, les héros de la Programme des Épouses Interstellaires reviennent bientôt ! Et devinez quoi ? Voici un petit bonus rien que pour vous. Inscrivez-vous à ma liste de diffusion; un bonus spécial réservé à mes abonnés pour chaque livre de la série Programme des Épouses Interstellaires vous attend. En vous inscrivant, vous serez aussi informée dès la sortie de mes prochains romans (et vous recevrez un livre en cadeau... waouh !)

Comme toujours... merci d'apprécier mes livres.

http://gracegoodwin.com/bulletin-francais/

LE TEST DES MARIÉES
PROGRAMME DES ÉPOUSES INTERSTELLAIRES

VOTRE compagnon n'est pas loin. Faites le test aujourd'hui et découvrez votre partenaire idéal. Êtes-vous prête pour un (ou deux) compagnons extraterrestres sexy ?

PARTICIPEZ DÈS MAINTENANT !

programmedesepousesinterstellaires.com

BULLETIN FRANÇAISE

REJOIGNEZ MA LISTE DE CONTACTS POUR ÊTRE DANS LES PREMIERS A CONNAÎTRE LES NOUVELLES SORTIES, OBTENIR DES TARIFS PREFERENTIELS ET DES EXTRAITS

http://gracegoodwin.com/bulletin-francais/

OUVRAGES DE GRACE GOODWIN

Programme des Épouses Interstellaires

Domptée par Ses Partenaires

Son Partenaire Particulier

Possédée par ses partenaires

Accouplée aux guerriers

Prise par ses partenaires

Accouplée à la bête

Accouplée aux Vikens

Apprivoisée par la Bête

L'Enfant Secret de son Partenaire

La Fièvre d'Accouplement

Ses partenaires Viken

Combattre pour leur partenaire

Ses Partenaires de Rogue

Possédée par les Vikens

L'Epouse des Commandants

Une Femme Pour Deux

Traquée

Programme des Épouses Interstellaires:
La Colonie

Soumise aux Cyborgs

Accouplée aux Cyborgs

Séduction Cyborg

Sa Bête Cyborg

Fièvre Cyborg

Cyborg Rebelle

La Colonie Coffret 1 (Tomes 1 - 3)

La Colonie Coffret 2 (Tomes 4 - 6)

ALSO BY GRACE GOODWIN

Interstellar Brides® Program

Assigned a Mate

Mated to the Warriors

Claimed by Her Mates

Taken by Her Mates

Mated to the Beast

Mastered by Her Mates

Tamed by the Beast

Mated to the Vikens

Her Mate's Secret Baby

Mating Fever

Her Viken Mates

Fighting For Their Mate

Her Rogue Mates

Claimed By The Vikens

The Commanders' Mate

Matched and Mated

Hunted

Viken Command

The Rebel and the Rogue

Interstellar Brides® Program: The Colony

Surrender to the Cyborgs

Mated to the Cyborgs

Cyborg Seduction

Her Cyborg Beast

Cyborg Fever

Rogue Cyborg

Cyborg's Secret Baby

Her Cyborg Warriors

Interstellar Brides® Program: The Virgins

The Alien's Mate

His Virgin Mate

Claiming His Virgin

His Virgin Bride

His Virgin Princess

Interstellar Brides® Program: Ascension Saga

Ascension Saga, book 1

Ascension Saga, book 2

Ascension Saga, book 3

Trinity: Ascension Saga - Volume 1

Ascension Saga, book 4

Ascension Saga, book 5

Ascension Saga, book 6

Faith: Ascension Saga - Volume 2

Ascension Saga, book 7

Ascension Saga, book 8

Ascension Saga, book 9

Destiny: Ascension Saga - Volume 3

Other Books

Their Conquered Bride

Wild Wolf Claiming: A Howl's Romance

CONTACTER GRACE GOODWIN

Vous pouvez contacter Grace Goodwin via son site internet, sa page Facebook, son compte Twitter, et son profil Goodreads via les liens suivants :

Abonnez-vous à ma liste de lecteurs VIP français ici :
bit.ly/GraceGoodwinFrance

Web :
https://gracegoodwin.com

Facebook :
https://www.visagebook.com/profile.php?id=100011365683986

Twitter :
https://twitter.com/luvgracegoodwin

Goodreads :
https://www.goodreads.com/author/show/15037285.Grace_Goodwin

Vous souhaitez rejoindre mon Équipe de Science-Fiction pas si secrète que ça ? Des extraits, des premières de couverture et un aperçu du contenu en avant-première.

Rejoignez le groupe Facebook et partagez des photos et des infos sympas (en anglais). INSCRIVEZ-VOUS ici :
http://bit.ly/SciFiSquad

À PROPOS DE GRACE

Grace Goodwin est journaliste à USA Today, mais c'est aussi une auteure de science-fiction et de romance paranormale reconnue mondialement, avec plus d'un MILLION de livres vendus. Les livres de Grace sont disponibles dans le monde entier dans de nombreuses langues en ebook, en livre relié ou encore sur les applications de lecture. Ce sont deux meilleures amies, l'une qui utilise la partie gauche de son cerveau et l'autre qui utilise la partie droite, qui constituent le duo d'écriture récompensé qu'est Grace Goodwin. Toutes les deux mamans, elles adorent faire des escape games, lire énormément, et défendre vaillamment leurs boissons chaudes préférées. (Apparemment, elles se disputent tous les jours pour savoir ce qui est le meilleur : le thé ou le café?) Grace adore recevoir des commentaires de ses lecteurs.

www.ingramcontent.com/pod-product-compliance
Lightning Source LLC
LaVergne TN
LVHW012100070526
838200LV00074BA/3847